她们俩

董明珠与徐新

亭后西栗 著

中国工匠精神杰出代表

独立女性奋斗范本

民主与建设出版社
·北京·

© 民主与建设出版社，2021

图书在版编目（CIP）数据

她们俩：董明珠与徐新 / 亭后西栗著；-- 北京：民主与建设出版社，2021.2
ISBN 978-7-5139-3352-0

Ⅰ．①她… Ⅱ．①亭… Ⅲ．①传记文学－中国－当代 Ⅳ．①I25

中国版本图书馆CIP数据核字（2021）第028355号

她们俩：董明珠与徐新
TAMENLIA: DONG MINGZHU YU XU XIN

著　　者	亭后西栗
责任编辑	刘树民
出版发行	民主与建设出版社有限责任公司
社　　址	北京市海淀区西三环中路10号望海楼E座7层
电　　话	010-59419778　59417747
印　　刷	三河市天润建兴印务有限公司
版　　次	2021年4月第1版
印　　次	2021年4月第1次印刷
开　　本	880mm×1230mm　1/32
印　　张	10
字　　数	183千字
书　　号	ISBN 978-7-5139-3352-0
定　　价	39.80元

注：如有印、装质量问题，请与出版社联系。

这个世界仿佛对女性有些不公平，在很多人看来，女性的价值体现在家庭中，但有些人却忘了，在成为妻子和母亲之前，她们是独立的女人，她们可以有自己的爱好、自己的生活，有自己的事业、自己的追求。

这个世界对女性又是公平的，哪怕肩上有再多担子，女性还有藏在骨子里的坚韧，能让她们担负起工作与生活的重任，能让她们点燃内心的倔强，在成为妻子和母亲之后，依旧能不妥协、不停歇地向前迈进。

曾经有一个生在江南某座城市的女人，年少时有些顽皮，又有些要强，她的青春时代过得安稳寻常，可人近中年却经历了丧夫之痛，虽然父母尚在，姊妹众多，但她的温馨小家失去了顶梁柱，从此孤儿寡母，天涯无依。

她是董明珠。36岁只身南下、从头再来的商界女强人，她从一名普通的销售员一路连升，最后成为格力电器的董事长。

她作风强硬，却也因此有关她的话题不断。她提出打造中国自己的制造业，她坚持中国制造，坚持钻研核心技术。因为坚守原则，她常常是一个人在战斗，但她从不惧怕出现在聚光灯下为自己的企业代言。在追求更好的道路上，她始终保持着中国企业家的责任、激情与梦想。

曾经有一个生在重庆山间的女人，年少时贪玩逃学，后来幡然醒悟，从此奋发求学，毕业后更是获得很多人羡慕的"铁饭碗"，但她却选择了更具有挑战性的生活，只因奋斗的人生道路上，有着"这边风景独好"的魅力。

她是徐新。不满30岁便完成了从银行柜员到注册会计师再到风险投资人的人生"三级跳"，站在了金融行业的最前沿。

她行动果断，甚至被称为拥有"杀手"一般的直觉。她眼光独到，判断敏锐，她在香港进入风险投资行业，却将目光投向内陆企业家，曾经有十多家不知名的小企业在她的推动下一飞冲天，其中有三名创始人更是跻身福布斯富豪榜前一百名，人们说她"点石成金"。

在董明珠身上，人们读懂了为母则刚的深沉的爱，也见证着一个女人在成功路上的艰难付出；在徐新身上，人们看到了堪比男性的雷厉风行，也欣赏着一个女人在寻求挑战时的光彩夺目。

董明珠是女强人，但女强人的内心也藏着属于江南女子的腼腆与温柔，她的要强是命运所迫，但她的成就，源于她在命运洪流中的勇敢选择。

徐新长着娃娃脸，但灿烂笑容的背后有着属于重庆妹子的火辣与果敢，她的精彩是机遇、创造，但她的传奇，源于她在平淡生活中的不安于此。

她们有着新时代女性特有的独立与前卫，她们敢于创新，敢于坚持自己认为对的事，敢于向着自己认定的方向努力奋进，她们为自己创造了令人羡慕的精彩人生。于是，这个世界待她们以公平，报她们以辉煌。

她们向人们证明，即便是女人，即便有着女儿、姐妹、妻子、母亲等种种身份，也依旧可以成为那个最耀眼的自己，成为每个时代中独立自强又令人艳羡的传奇女人。

目 录

"销售女皇"董明珠

第一章 不寻常的人 003

第二章 路在何方,路在脚下 037

第三章 一场改革"拼杀" 079

第四章 要敢尝试,更要坚持 115

第五章 舞台很大,人生很长 151

"风投女王"徐新

第一章 没有风华,只有奋斗 187

第二章 投资初体验 223

第三章 这世界总是让人先苦后甜 ... 259

第四章 是女王,也是女子 289

第一章

不寻常的人

新晋女主播

  一家企业的董事长应该是什么样的？很多人脑海中会浮现出这样的形象——西装革履、不怒自威地坐在会议室中，在董事会上讨论关乎企业存亡的重大决议，如果没有预约，是寻常人很难见到的大忙人。

  你很难想象一个企业的董事长"抛头露面"，不仅以代言人的身份出现在大幅广告中，更是以"直播带货"的形式，让自己成为话题的中心，更是成为众人口中的"网红"企业家。

  她就是董明珠，珠海格力电器股份有限公司董事长，2020年4月24日在抖音上的首次直播，让这个有着传奇色彩的女性，再一次成为人们热议的明星。

  最初，随着线上交易的普及，直播以其即时互动的优势成为销售的主要手段，但随着大量名人进入直播界，竞争也越发激烈，很多主播的销售额大幅下降。

而突如其来的新冠疫情，给全球经济带来前所未有的冲击，格力集团也不例外，营收减少，股东净利润减少……

正是在这样的市场形势下，董明珠开始了自己的第一场直播。虽然没有演艺界名人的自带流量，但她有宣传企业文化的决心，更有着抛却身份概念的觉悟。

试想一下，如果我们入住一家宾馆，宾馆负责人亲自接待，并询问住宿体验；如果我们前往一家餐厅就餐，餐厅老板亲自传菜，并询问用餐体验，会是怎样一种感受？

觉得很有面子？这只是一闪而过的体验，我们内心真正的感受是满意，极大的尊重和对方的重视程度，都让我们感到非常满意，这是一名普通的服务生无法达到的效果。

明明是同样的服务内容，同样的行为，却因为对方的身份不同而让我们产生一种自身身份的提升感，让我们有了更好的体验，而这样的效果，董明珠达到了。

在线上销售盛行的当下，消费者有了更多选择，方便、快捷的购物页面，短时间内就能显示数十条搜索结果，行业竞争也越发激烈，曾经专注于线下销售的企业，逐渐将精力转移到线上市场，不断摸索并开拓新零售模式，以便在线上销售浪潮中站稳脚跟，寻求更迅猛的发展机会。

正是因为明白线上线下融合的重要性，正是为了推进企业全新的零售模式，董明珠身先士卒地开启了"直播带货"。

2020年4月24日的首场直播秀，因为经验不足，网络延迟，直播过程中不断出现卡顿，甚至还有音画不同步的现象，用直播界常用的词来形容的话，就是她"翻车"了。

直播中出现的故障和问题，负责直播工作的人可以承担，技术上的问题也可以由技术人员解决，对董明珠来说这些都不是问题，而声势和销量才是她关心的根本。

直播首秀并不理想，数据显示，这次直播在线人数峰值21.63万人，格力产品销量不到300件，销售额23.25万元，而卖得最好的产品是充电宝，价值139元。

回忆起自己直播生涯的第一次，董明珠说："我播完以后，手机上被骂的信息一条一条的……"

而她自己却感到很新奇，仿佛是一家小小的店铺，她是销售店员，向屏幕后面看不见的消费者介绍产品，虽然是虚拟的店铺，销售体验却是真实的。

时代在发展，科技在进步，但是人心以及人与人之间的沟通和互动的感受，却从未变过，仿佛只是更换了不同的舞台，不同的道具，说着不同的腔调，演绎的却是同一种感情冲动。初次"触播"，让董明珠仿佛重新回到多年前的销售岗位上，也让她敏锐地意识到，这是新零售模式试水扬帆的绝佳平台。

有备而来的人从不知气馁为何物，第一次尝试，虽然没有惊雷般震天动地的成效，但仍旧是董明珠直播道路上具有开创意义的第一步；而道路，只要坚持走下去，便会将坎坷踏平，将崎岖小路走成一条宽阔大道。

事实上，成功并没有让董明珠等待太久。在她背后，是有着30年历史的格力品牌，而她自己，是有着30年格力经验的成熟斗士。

距离第一次直播过去15天之后，董明珠在某直播平台上开启了第二场直播。

从"一"到"二"，看似只是数字上的叠加，却有着完全不同的气势和意义。"直播首秀惨遭翻车"，却还要开第二次直播！无论是抱着看热闹的心态，还是怀着敬佩的心情，舆论再一次将董明珠推上风口浪尖。

而这一次直播，让董明珠打了一个漂亮的"翻身仗"。根据数据显示，这次直播吸引了1600万该直播平台的用户，同时在线人数高达100万人。直播到30分钟时，有3个产品的销售额突破1亿元，60分钟时，单品销售额破1亿元。这场直播进行了3个小时，总成交额达到3.1亿元，创下大件家电直播带货成绩的新纪录。

而按照董明珠之前透露出的信息，2019年格力电器在线上网店的销售额为3.5亿元，也就是说，3个小时的直播，几乎要赶上网店一整年的业绩。

5月15日，董明珠的第三场直播顺利完成，与之前两场相比，这一次在京东平台上的成交额更高，超过7亿元，直接创下家电行业直播带货史上的最高成交纪录。而"6.18"电商节的连续三场直播，销售额已经破百亿，曾经的"销售女王"摇身一变，成为新晋"带货女王"。

第一次，她因为几近"翻车"火了；第二次，因为翻盘成功，她更火了；之后的几次，她不断刷新和创造纪录，成为话题人物。人们在笑称她成了"网红"的同时，也有着深深的羡慕，人们说她的成功不是偶然，更说她的成功是无法复制的。

董明珠直播带货的无法复制，并不在于第一次失败之后的坚持和翻盘，而是她那明确的出发点。一般的主播带货，提供的是其他厂商生产的商品，而董明珠"带"的，是"自家的货"，不仅有说服力，而且更是诚意满满，这让消费者获得直接从厂商手中购买商品的全新体验；而且，不是厂商方面的销售代表负责销售，而是由企业董事长亲自销售。

66岁的董明珠，在2020年的春夏，忙出了丰硕的成果。

7月10日，她在江西赣州开始自己的第6场直播，直播结束后统计显示，仅董明珠一人，通过直播就为格力电器带来高达228亿元的收入。而接下来，董明珠将全国直播巡演的计划提到日程上来，她要用自己的能力和强大的个人魅力拉动市场，为格力创造更多营业收入，度过疫情的艰难时期，也为线下专卖店探路试水，寻找更高效优质的新零售模式。

大部分人想象的直播是在固定的地点，有固定的场地，展示不同的商品，但董明珠另辟蹊径，她想要在全国巡回直播的过程中，与当地产业结合起来，不仅是为格力电器的全线产品带货，她还希望能进行产业协同推广，共同发展。

面对眼下的成绩，董明珠非常谦虚，她表示，所谓带货，只是一种宣传方式，再新颖的广告模式，最终也要落到产品上，还是要依靠产品品质取胜。因为"公道在人心，老百姓心里是有一杆秤的"，她积极直播，只是想用这种形式让更多的消费者了解格力，了解他们的产品，知道他们在真诚地展示产品。

为了背后的企业，董明珠愿意尝试任何新兴的宣传方式，当有人询问她直播带货的目的时，她解释道："我带货做直播也是为3万多家格力专卖店探路，我要让我的消费者买到最实惠的产品。"

只有掌握消费者的心理，满足他们的需要，才能让消费者打开钱包。董明珠再一次做到了，在直播已成潮流的新电商时代，作为新入行的后来者，董明珠突飞猛进，凭借她多年的销售和管理经验，成为热度极高的新晋女主播。

正是由于开辟了直播电商这种全新的模式，格力电器在线上空调市场中奋起直追，大大缩小了之前与对手的差距，甚至一度赶超对手。

但是，心有远大理想的人，永远不会停留在某一次成功的经历中，这些成绩对他们来说只是奋进路上的里程碑，立下里程碑，还要继续前行，奔赴下一段征途，迎接下一个挑战。

董明珠也是如此，直播成功后，她表示，希望格力电器能掌握电商，形成新的销售渠道。既然是新兴渠道，那便要寻找最新最便捷的方式，董明珠将目光投向了租赁电商平台。

租赁电商是当下的新兴行业，提供以租代购的销售服务，租金非常便宜。其中的懂秀帝 App 便是租赁电商不可忽视的存在，董明珠投资懂秀帝 App，收购其 50% 的股份，为格力打开了新一轮电商平台销售的格局。

有了资金投入，租赁电商得以投入大量租金补贴来回馈用户，进而带动租赁消费的热度，董明珠正是希望通过这样的方式，让租赁电商这个行业加速发展前进，进而能与其他大型电商平台抗衡，成为由格力掌握的第一租赁电商，让直播常态化，形成销售链的良性循环。

庞大的计划、长远的目标都在昭示着，董明珠非同凡人的决策力和行动力，但是，在她心里，她永远记得，是格力让她有了今天的成长和成就，而她如今所做的一切，也都是为格力电器更好地发展添砖加瓦。

在她身上，是奋斗30年的成熟与历练，她的背后，是风雨30年的格力电器，她的眼前，是线下3万多家经销商的出路。

工作中，董明珠从来都是以身作则，随着线上线下销售平台结合得越来越紧密，她率先迈出第一步，用直播体验线上销售的感觉，用亲自直播的行动，让所有的格力人看到，线上线下结合的必要性和优越性。

对于董明珠来说，格力的蓬勃发展是她矢志不渝的奋斗目标；对于格力来说，董明珠不仅是一名从基层做起，最终登峰问鼎的管理者，更是企业的象征。

当人们将董明珠看作格力的代言人时，当人们说到董明珠第一时间想到的是格力时，就已经证明了她早已将自己的全部精力奉献给格力，将自己的人生融入格力。

"叛逆"也是一种倔强

长江的下游有一座"石头城",千百年来,这座临江近海的城有过很美丽的名字,比如建康,比如金陵,而现在,它叫南京。

1954年8月,董明珠在南京出生,当时没人能想到,她的出生和成长,将在南京历朝历代的名人中,再添一席位。

董明珠是家里的第七个孩子,她的出生虽然给家里带来欢乐和喜悦,但也增加了负担。多一个人便多一张嘴、多一份开销,董明珠的父母都是工薪阶层,收入不高,一家人的生活并不宽裕。

可是,董明珠还是度过了快乐的童年。和许多女孩不一样,幼年的董明珠是个典型的"假小子",很多女孩爱不释手的布偶娃娃,她只是偶尔才玩玩。相比于闷在屋子里,她更喜欢到外面和男孩子一起玩。除了嬉戏和打闹，他们还会爬到房顶揭瓦片或是结伴下河抓鱼。

小时候的董明珠，一旦淘气起来完全没有女孩模样，但父母很少严厉地呵斥她，最多只是温和提醒，循循善诱，引导她逐渐学着沉稳，让她知道女孩该是什么样子，该做什么，不该做什么。

随着董明珠慢慢懂事，在父母的引导和姐姐们的影响下，董明珠的举止也开始变得淑女起来，但她依旧和大部分女孩不同。这种不同在她上学之后变得越发明显起来，不是样貌，也不是举止，而是潜藏在她性格中的倔强和要强。

样貌和举止，大多是旁人评价和判断一个人时的标准，但性格中的特质，却能影响一个人的选择。面对问题和困难时，选择继续前进还是放弃挣扎，身处顺境时，对自己严格要求还是放松享乐，每个人的选择都不同，而这种不同终将影响一个人的一生。

因为家中并不富裕，董明珠和兄弟姐妹的衣服上都有补丁。可是，董明珠的父母总会很细心地让他们将有补丁的衣服穿在里面，让孩子们保持体面和自信。

那时大多数家庭的条件都很一般，衣服上有补丁的情况也并非罕见，但父母的做法却让董明珠明白一个道理：做人一定要体面，无论言行举止还是待人接物，哪怕自己的处境再艰难窘迫，也要用最积极向上的态度面对生活和挑战。正是这样积极正面的家庭教育，让董明珠的性格里多了一份什么都不怕的倔强，也多了一份什么都敢尝试的勇气。

童年顽皮的孩子，大多思维活跃，董明珠也是如此。

进入学校后，她接触的东西变多了，思考的东西也多起来，像很多小孩一样，她总能提出一些大人和老师都难以回答的问题。

遇到这种时候，老师便回答她说是因为规定，可是为什么要这么规定？董明珠又会自己思考很久，慢慢地，她发现老师几乎不会回答这样的问题，于是她很少再问类似的问题，而是选择自己去思考。

想得多了，她的想法也丰富起来，她曾经对母亲说："这南京城显得太老旧了，应该给它打扮打扮，让它新鲜新鲜。"

母亲自然没有将她的话当回事，只回答她说："这是大人们的事，用不着小孩操心，你个女孩家，将来懂得相夫教子就行了。"

听完这些，董明珠更加不服气起来，她对母亲抱怨道："这事为啥是男人们的事？女人就不能想，不能做吗？"

母亲却说："你还小，等长大了就明白了。"

董明珠知道自己还小，可她对母亲的回答依旧心存怀疑。她的学习成绩优异，超过了许多男同学，她就想难道别的事就不能比男生做得更好吗？

不过，畅想只是想象，每个人都只能活在当下，努力做好力所能及的事，为未来的可能做好准备。身为学生的董明珠，最大的任务就是读书。

在学校，要强的她什么都想争第一，每门功课都学得很好，不偏科，不淘气，当然也没有被老师批评过，更不会因为犯错被老师要求找家长。

董明珠做什么都很认真，她不仅在成绩上严格要求自己，平时写作业也要一丝不苟地完成，她的作业本来从没有因为写错撕掉过一张纸，上面几乎也没有错误。因此，她的作业本总是被老师当作范本，让其他同学观摩学习。

成为榜样的董明珠越发认真学习，每个学期结束，她都会将一张优异的成绩单交到父母手中，父母满意的笑容，总让董明珠感到无比自豪。

成绩好的人，不一定死读书，至少董明珠没有。

放学后，她总是去爬山或是打球，在她看来，只要学习成绩能让老师和父母满意就行，没有必要整天看书。但正是这样劳逸结合的方式，让董明珠的学习事半功倍，这为她的性格增加了更多自信和要强的色彩，也让她对自己的要求越发严格起来。

董明珠成绩好，不在学校淘气惹事，但不代表她是个乖巧的女孩。自小养成的活泼性格，让她敢想敢做，在很多事上都很倔强，甚至"叛逆"，只是这些都发生在课外的闲暇时间中。

进入初中后，董明珠萌生了学习游泳和骑自行车的想法。

南京城紧邻长江，周围水系发达，池塘、小河很多，戏水的人也很多，董明珠看了后也很想学习。至于骑自行车，是因为家里有一辆破旧的自行车，看着父亲骑车出门时将车子蹬得飞快，董明珠也很想体验一下坐在车上飞驰的感觉。

可是，这两个要求都遭到了父母的极力反对。除了因为家里经济拮据，更是因为董明珠的父母认为这两项活动都太危险了，他们理解董明珠想学习特长的心情，但他们认为她应该选择更安全的兴趣爱好。

父母有自己的考虑，董明珠也有自己的愿望。若是以前，被父母拒绝后，董明珠可能会不开心几天，然后放弃，时间久了便渐渐忘记。但这一次，她却说什么也不肯让步。

这是她在父母面前的第一次"叛逆"，在她的努力和坚持下，父母终于让步了，他们同意她去学习游泳。

董明珠如愿以偿，她找到一位很好的游泳老师。这位老师不仅是能够横渡长江的游泳健将，对教学生游泳也很有经验。

原本以为有这样的老师指导，自己的游泳课程一定会很轻松，没想到董明珠就是那万分之一的例外。

游泳教学在池塘里进行，因为这里的水足够深，水面又没那么宽阔，是教学的好场所。董明珠拿着老师给她的竹竿撑着，在水里站着看老师进行示范。

　　没想到，董明珠的注意力全在老师的动作示范上，竟然一不留神滑进了水里。因为她还没有开始学游泳，所以第一反应是极度害怕。因此，她大喊救命，一开口却更快地沉了下去，一连呛了几口水。

　　董明珠第一次真切地感到危险的降临，当然，她很快被救了起来，有惊无险，却还是心有余悸。那天回家时，因为担心父母阻止她继续学游泳，董明珠没有将溺水的事告诉父母。

　　第二天，她又像往常一样来到池塘边。同学们都惊讶不已，经过前一天的事，他们都以为董明珠一定会吓得放弃学游泳，就连老师也有些意外地问她为什么还来。

　　董明珠倔强地回答说她不愿半途而废，不愿意做"一朝被蛇咬，十年怕井绳"的人，学游泳是她自己选的，她要克服怕水的心理，就算呛水也要坚持下去，一定要学会游泳。

　　怀着这样的决心，几天之后董明珠就学会了游泳。在学习时因为过于专注，很难感悟到其中的道理，只有等到学成后再回顾，才可能会幡然醒悟。

　　回想起自己最初的惊慌失措，再品味自己在水中的自在灵活，董明珠意识到，阻碍自己学习游泳的不是技巧，而是恐惧心理。只要敢于面对恐惧，总能找到办法克服困难，而不是停在原地止步不前。

年少的董明珠只是懵懂地感受到一种精神上的胜利，那时的她并不知道，从学习游泳中悟到的道理，将在她后来的人生中不断鞭策、指引她闯过一个个难关，走向一个个辉煌的胜利。

软弱的人习惯向他人寻求安全感和信心，坚强的人自己制造安全感，自己培养信心。

随着年龄增长，成绩优异早已无法满足董明珠对自己的要求，学游泳时克服困难和恐惧的体验，让她认识到自信的重要性。而获得自信，需要有足够的实力和本领。

也许学会一项特长、掌握一个本领并不一定能带来什么立竿见影的益处，但至少能检验、证明自己的能力，增强做事的信心。因此，董明珠在学会游泳后，又将目光转向了自行车。

董明珠学骑自行车的这个想法，一直没能得到父母的同意。父母不同意，董明珠便偷偷学。

每次父母出门后，她就悄悄推上家里的破自行车出门练习，并在父母回来之前把自行车送回去。

骑车免不了要摔跤，更何况人小车大，又没人在一旁扶着董明珠，她不记得自己摔了多少次，才终于能在车上保持平衡，后来慢慢地她能骑着车走直线了……等到她觉得自己练得差不多了，胆大的董明珠便骑着车子"上路"去了。

那天，父母都不在家，她和平时一样推车出门。她正骑着自行车在路上行驶，不料一辆公交车迎面驶来。

董明珠没有经历过这样的事，她顿时吓出一身冷汗，慌乱中她忘了刹车，为了保持平衡，她又往前蹬了几圈便摔倒了。

公交车在几米外就停了下来，然而董明珠却狼狈地坐在地上，虚惊一场。

等到公交车开走，董明珠平静下来，转而开始生闷气。她为自己的慌乱和笨拙感到恼火，因为不够熟练，她居然连刹车都忘记了，最后还掉下车子。

怀着一股不服输的信念，董明珠瞒着父母更加努力地练习，就像学游泳时一样，很快她便熟练地掌握了骑自行车的要领，再也没摔倒过。

在身边的人看来，董明珠正是从学游泳和学骑自行车这两件事之后开始变得越发"叛逆"的，这两段经历也彻底为她赢得"假小子"的称号。

但在董明珠看来，这两段经历正是她奋斗人生的开端，那是倔强的她第一次坚持自己的选择，不肯接受失败的结果，不管付出多少努力，她也要用一次次的尝试将失败扭转为成功，不到成功绝不罢休。

　　遇到问题，第一时间想到的是如何解决；遭受挫折，第一时间想到的是重新尝试，这便是董明珠。她没有什么大道理，只知道自己不愿输，自己要做到最好，无论一路上遇见什么，都不能阻止她前进的脚步。

　　她不仅倔强，更有着骨子里的执着。为了成为更好的自己，她甚至不惜隐瞒和忤逆父母，不惜"叛逆"，因为她认定的事，就一定要完成。

　　从读书、游泳到骑自行车，曾经的汗水和努力，曾经的疲惫和伤痛，都会随着时间的流逝慢慢淡去，只有曾经战胜困难、战胜自己的辉煌体验，成为董明珠一生的精神财富，陪伴着她踏上人生的漫漫长路，成为她性格中无法掩盖更无法磨灭的印记。

苦难是命运的考验

每个人的命运都有变数，每个人的人生都有风雨，相同的是苦难与考验，不同的是应对的态度和方式。

董明珠的人生和她的同龄人相似，读书、求学、工作、结婚、生子，她在南京的一家化工研究所做行政管理工作，规律的工作时间带给她稳定的生活，虽然有些平淡，却也有着简单的快乐。

可是，这样的生活并没有持续多久。1984年，董明珠30岁，她的丈夫患病去世，只留下董明珠和他们两岁的儿子东东。

悲痛的阴影笼罩在两家人心上，但董明珠连纵情悲伤的时间都没有，那时她的工资不高，既要维持生活、照顾孩子，又要偿还欠下的医药费。

幼子寡母，未来的生活要如何维持成为摆在董明珠面前最大的问题。

董明珠的父母和公婆都是工薪阶层，收入勉强能维持生活。两家老人勤俭一生，也有了一些积蓄，但为了给董明珠的丈夫看病，两家人早已耗尽积蓄，还欠下外债。

无法指望父母长辈，身边更是少了可以依靠的肩膀，董明珠从此成为孤军奋战的母亲，她必须保护好身后的儿子，给他营造更稳定的成长环境。

董明珠独自撑起了一个家，她过得很苦，生活捉襟见肘，工资对于生计和债务来说简直是杯水车薪，殷实的家境遥遥无期，眼前只有无尽的苦水。

时间久了，董明珠开始想要改变，她越来越感到，如果不做出改变，穷苦拮据的生活就不会有尽头。但是，看着尚且幼小的孩子，她又难下决心。

一年又一年，儿子在慢慢长大，董明珠还是独身一人，只是，她想出去闯一闯的念头也在心里扎根生长，变得越发强烈起来。

董明珠就这样考虑了6年时间，儿子在长大，她在老去，唯一不变的是一颗要强的心和倔强的灵魂。

20世纪90年代，随着改革开放和沿海经济特区的建立，无数年轻人背着行囊南下创业，投入商业大潮中，"下海"，成为那个时代的新选择。

董明珠也决定外出打拼，闯出一番天地，打破眼下的困境，改变自己和孩子的生活。当她将自己的想法和打算告诉家人时，却迎来了一片反对声。

父母和哥哥姐姐都在劝她，说东东还小，更何况他才两岁就没有了父亲，现在又要离开母亲，孩子太可怜了。

董明珠何尝不心疼儿子，又何尝舍得离开，但她已经想了几年，这个念头从来没有在脑海中消失过，让她放弃，董明珠做不到，面对众人的劝说，她再一次倔强起来。

经历了与丈夫的生死分别，熬过了艰苦的岁月，董明珠已经不再是那个倔强地学习游泳和骑自行车的年轻女孩，与之前的"叛逆"相比，这一次的她更加强硬。生活磨炼了她，也给了她更大勇气和决心。

在父母和哥哥姐姐看来，董明珠根本不需要独自出去闯荡，她是个女人，明明不用过得那么辛苦。虽然她的丈夫不在了，但生活依旧要向前看，最好的办法是再嫁一个可信赖的人，这样她和东东都能过上衣食无忧的生活。

可是，董明珠却不这么认为，曾经她以为丈夫是可以信赖和依靠的，无情的病魔却让她突然失去了依靠，亲身经历过苦难之后，她更加清楚地明白，有依靠固然很好，但靠谁都不如靠自己。

留在儿子身边，自然能给孩子更好的陪伴，但他们需要钱，没有钱，董明珠和儿子就没办法过上好日子，这便是现实。她可以不在乎生活艰辛，却不能让孩子受委屈。

于是在1990年的时候，她毅然从工作单位辞职，将儿子托付给家人照顾，跟着春天的脚步只身南下闯荡。她与家里约定，等自己稳定下来之后就接儿子过去，可是这一去，便是征程万里，闲暇不再。

那一年，董明珠36岁。

在人们的想象中，年近40岁的女人应该是沉稳的、谨慎的，有着居家的烟火气，眉目中少了年少时的莽撞与倔强。

董明珠却不是这样的女人，不肯服输早已成为她的人生目标，无论在学习上、工作中，还是在自己的人生里，安稳自然美好，但既然命运打破了安稳，她选择放手一搏。

前半生，她生活在南京；后半生，她一直在路上。

离开多年生活的城市，董明珠先来到深圳，这里是当时重要的经济特区，发展迅猛、竞争激烈，就连时钟也仿佛被拨快了许多。

这让董明珠感到有些不太适应，但她既然已经走出家门，就不可能再轻易回去。后来，机缘巧合之下，她来到珠海。

同样是中国最早设立的经济特区之一，这里却有着宁静的气息。走过生活的仆仆风尘，董明珠被珠海吸引住，她觉得自己一定能在这座城市找到能够养家的工作。

那时的中国刚刚打开市场，经济形势迅猛发展，无数行业如雨后春笋迅速涌现出来，销售岗位也虚位以待，到处都是机会，也是挑战。

董明珠从不惧怕挑战，经过一番挑选，1990年她进入国营珠海海利空调器厂，这是一家国营空调厂，规模很小，年产值2000万到3000万，厂里有20多名业务员，因此平均分摊下来，每个业务员一年的销售任务是100万。

这个数额看似不高，可是，在一家既没有名气也没有规模的厂子做销售工作，想顺利完成这个任务也不简单。不过，业务员的收入很高，因为厂里规定，业务员卖出100万提成2万，其中包括工资、差旅、请客送礼等费用。

就这样，董明珠成了国营珠海海利空调器厂最基层的业务员。她不知道的是，在她加入一年后，也就是1991年，这个国营厂改名改制，成立了珠海格力电器股份有限公司，她更没有想到，从她来到珠海，加入格力，便再没有离开过。

董明珠的人生没有太多算计和预谋，她向来依靠的都是自己强大的适应能力和坚韧不服输的个性。最初离家南下时，她对未来并没有很明确的计划，只是想寻找一个安静的工作环境，有一份高额稳定的收入。

因为之前没有接触过营销工作，对商业和市场也没有研究，业务员这个职业对她来说完全是陌生的，她不知道自己是不是适合这份工作，但只有努力尝试过后，一切才能见分晓。

命运给每个人的机会是相同的，能不能牢牢抓住，能不能成功挑战，却要依靠个人的努力。从成为业务员的那天开始，董明珠便再次展现出自己要强的性格。

她对销售一无所知，工作上只能从零起步。陌生的城市，陌生的岗位，让董明珠感到很不适应，她想念远在家乡的孩子，但摆在她面前的，是亟待熟悉的工作。

董明珠不笨，但面对从未接触过的行业，她只能埋头苦学，以勤补拙。从之前埋首家庭生活的体制内员工，到在外打拼的业务员，董明珠身上的改变是巨大的，任何改变都需要付出很多努力，没有家庭拖累的董明珠将全部精力都放在工作上。她总是最后一个下班，需要跑腿或者帮忙时，她也总是最积极的那个，因为做的事越多，能学到的就越多。

她依旧保持着凡事都要做到最好的习惯，就像读书时的作业本，上面不能有半点错误。领导布置的任务，如果期限是三天，董明珠总是加班加点用一天做完，剩下两天时间用来检查调整。

对于工作，董明珠极度负责，不仅因为她凡事都想做到最好，更因为这份工作能让她完成自己的目标——挣到钱，让自己和儿子过上更好的生活。

独自一人背井离乡，一路前行，其中的艰难与坎坷自不必说。但董明珠从未抱怨过，因为她清楚地知道，这条路是她自己选择的。一个接一个的挑战，不仅没有让董明珠望而却步，反而还激起了她的劲头。这种积极的态度，让她的进步突飞猛进，很快在工作上做出了成绩。

有时候，一个决定就能改变人的一生，但能在做出决定之后坚持下去，却要依靠一个人的本领。董明珠的人生在她离家南下、落脚珠海之后产生了巨大的改变，可是，就算她前往别的城市，从事其他行业，最终也一定能脱颖而出。因为她骨子里的要强和她的拼搏精神，注定了她能在自己认定的道路上勇往直前地走下去。她的改变是被迫而无奈的，如果不是丈夫猝然离世，如果不是因为生活中遭遇了如此重大的不幸，她依旧是那个生活在南京的妻子和母亲。

命运曾经毫不怜惜地将董明珠推向了苦难，从幼子寡母、生活窘迫到独自南下、奋力闯荡，董明珠活得很辛苦。面对这样的考验，人们或大败而归，从此萎靡余生，或奋起迎战，从此人生不同。董明珠毫无疑问地选择了后者，她一改之前的人生轨迹，乘着改革开放的经济大潮，以要强、倔强的性格为帆，向着辉煌的远方开辟自己想要的生活。

崭新人生路

销售是一个很辛苦的职业,出差时旅途劳顿疲惫不堪,洽谈时也未必能得到好的结果。人情冷暖,千面百态,是见识,更是磨炼。

一个女人去做销售更是加倍辛苦,可是,董明珠偏偏要做,她经常反问自己,为什么男人能做的事女人就不行,她不但要做,还要做得更好才行。

总待在厂里是不可能完成销售任务的,但上级领导考虑到董明珠对业务还不够熟悉,便安排她先跟着一个老业务员去跑业务,在销售"前辈"的带领下尽快熟悉各项业务。

当时,董明珠的这位"前辈"负责开拓的是北京和东北两个地区的市场。能切身参与销售业务,让董明珠兴奋不已,她终于能出差了,更有了积累经验的机会。不过很快,第一次出差的辛苦就冲淡了她的兴奋和期待。

当时，老业务员和他的搭档已经出发去了天津，于是董明珠只能独自坐火车北上，与他们会合。

从珠海到天津要坐很久的车，炎热的7月，火车就像一个铁皮蒸笼，缓缓行驶在阳光下，车厢里又闷又热，烟味和汗味混在一起。

人们都在火车上吃饭，董明珠却觉得有些不好意思。她觉得女人独自一人在火车上吃东西不太雅观，再加上实在热得没有胃口，她竟然在火车上饿了整整一天。

熬到下火车时，董明珠已经感到很难受了。当老业务员和搭档在火车站接到她时，她已经头脑昏沉，虚汗直流，眼冒金星。经验丰富的老业务员见状，猜测她是中暑，急忙找了一家有空调的旅馆办理入住。

董明珠坚持着到了旅馆，办理入住需要登记旅客信息，她站在前台，只觉得双脚虚弱无力，汗不住地流，手也抖得不行，根本无法写字。董明珠咬着牙对老业务员说："我不行了，请帮我填一下。"

说完她便向旁边的沙发走去，想暂时坐下休息一下，结果没走上几步便眼前一黑倒在地上。老业务员和搭档连忙扶起董明珠，好不容易才将她叫醒。可是，醒来的董明珠虚弱得连话都说不出来。

她被扶到旅馆房间里，一躺到床上就累得睡着了。第二天早上她醒来时，发觉自己之前被摔的地方还在疼，碰一下就疼得钻心，下床走路，每一步都在忍受疼痛。

老业务员猜测董明珠伤得不轻，便劝她在旅馆先休息一两天，养一养再去找他们，但董明珠却坚持要和他们一起去北京。

工作不能耽误，董明珠也不是那种轻易认输的人。更何况，这是她刚刚开始跑业务，轻伤不下火线，现在就觉得累觉得苦，以后如何能独当一面？于是，董明珠咬牙忍着疼，一瘸一拐地跟着老业务员和搭档一起出发赶往北京。

作为首都的北京，不仅在政治上有着极为重要的地位，同样也是商业信息交流的中心。董明珠跟着老业务员一行来到北京后，前往一个制冷展示厅，找负责人进行洽谈。

这个制冷展示厅是专门用于空调的展示和售卖的，在当时也算是国内罕有，因此国内国外的空调品牌都争相进驻，品牌很多，竞争也相当激烈。

老业务员带着董明珠在那里停留了两天，当老业务员与负责人沟通时，董明珠一直留心听着。他们谈天说地，聊得很不错，最终那名负责人答应在展厅中展示他们的格力空调。

不过，当老业务员希望再多签下一些数额时，那名负责人的态度立刻变得高傲起来，回答说："你们一般般，但是没有问题，放在我们的展示厅里，准能给你们卖出去，搁这里代销吧。"

这位负责人不屑的态度让董明珠很不满，但老业务员却心平气和，董明珠这才明白，老业务员是见多了这些事，自己也必须多去市场学习，去看去想，比较和借鉴同行的经验，这样才能真正留住顾客。

说服对方，本身就是一个考验智力、情绪控制以及信心的过程，就连体力也是不可或缺的，这一切终会形成一种让人无法拒绝的意志力，进而促成交易。

董明珠感到，自己忍着伤痛跟随老业务员前往北京是非常明智的选择。那次的经历，让她每次想起来都斗志高昂，即便是一个默默无名的品牌，也可以在北京的行业展厅中占据一席位置，这就是销售的能力和魅力。在后来的日子里，董明珠总是不断激励自己，就算千难万险，她也坚信自己一定能多卖一点，还要再多卖出一点。

销售人员只有一直在路上才能取得业绩。结束了天津、北京两地的行程，董明珠拖着受伤的身体跟随老业务员一起赶往东北地区。

正值夏天，东北也迎来空调的销售旺季，董明珠跟着老业务员一起奔走在各个商场之间，联系洽谈，希望能多卖出一些空调。

走过几个城市,他们来到辽宁省省会城市沈阳。这时的董明珠已经连续奋战了好几天,她之前摔伤的地方还在疼着,但因为能学到东西、增长见识,她顾不得疼痛,一直在忙碌。

　　但是,连日的疲劳也让董明珠的摔伤变得更加严重,在沈阳时,董明珠终于撑不住了。老业务员带她去医院检查,简单地检查之后,医生让董明珠去拍片子。

　　结果出来以后,包括医生在内的众人都震惊不已。因为董明珠能走路能活动,大家都以为只是小问题,没想到她已经骨裂了。因为骨裂的地方在臀部,不管是用绷带还是夹板都不方便,医生只能简单地处理一下,开了药,最后告诉董明珠注意静养。

　　明明只是摔了一跤,谁也没想到会这么严重。销售任务还没有完成,董明珠实在不愿休息。老业务员劝董明珠好好养伤,之后的市场交给他去跑,业绩和分成还是按之前的一样,让她不要操心。

　　董明珠自然明白前辈的好意,但无功不受禄,躺在床上等着分享别人成果的事她做不到,更何况这一次她跟着老业务员出差就是为了学习经验,如果天天躺在旅馆静养,这次出差还有什么意义?现在因伤偷懒休息固然轻松,可是,等到将来需要她独立开拓市场时,她又该怎么办?

　　因此,董明珠决定咬牙再撑一撑。她对老业务员说:"我既然来了,这几天都挺过去了,不差再多几天,没事的,我还想跟师傅多学两招呢！"

曾经那么多苦难，都没能将她推入绝望的深渊，如今的病痛又怎会让她止步不前。董明珠不知道王冠的重量，但生活的重量，她再熟悉不过。面对命运的重压，她有坚强的决心，更有倔强的干劲，便什么都不怕了。

有了诊断结果和医嘱，董明珠已经成为一个名副其实的病号，可在她身上完全看不到丝毫忍受病痛的模样，为了完成销售任务，她牙关紧咬地跟着老业务员在各处奔走。

这份对工作的热诚和吃苦耐劳的骨气，让董明珠得到了老业务员的欣赏。于是，这位前辈将自己多年来积累的销售经验和本事毫无保留地教给了董明珠，不用她跟在身边随时观察揣摩，之后再自己尝试摸索。他将作为一名销售人员需要想到的、注意的地方，都直接讲给董明珠听。

有了这些经验傍身，董明珠变得更加自信，面对顾客时也更加有底气，在忍着伤痛的坚持中，她逐渐成为一名合格的销售人员。

在这个过程中，董明珠还学到其他方面的知识，比如空调的产品性能以及安装、维修方面的知识。很多人认为，销售的能力主要体现在卖出商品，至于商品是什么，销售人员是否了解并不重要。因此，很多人认为董明珠学这些知识完全没有必要，不仅杂乱无用，更是浪费时间。

可是，对产品的了解，正是销售人员的制胜法宝。没人知道在与顾客沟通时会出现什么情况，也不知道顾客可能会提出什么样的问题。一名销售人员如果连商品的基本问题都说不清，又怎能让顾客放心地购买呢？

董明珠知道自己是个销售新手，所以从不挑剔，有机会学的东西就去学，因为没人知道这些知识什么时候会用到，就算一辈子也没有用武之地，也好过需要时还没有准备好。

董明珠的第一次出差，以拖着伤病的身体超额完成任务宣告结束。北京、天津、东北地区之行，老业务员带着董明珠一共完成了300多万的销售任务，远超出规定的销售指标。踏上归程时，考虑到董明珠有伤，他们乘坐卧铺返回了珠海。

上进的人，无论是在顺境还是逆境中都能有所感悟，学到东西。

在销售行业初出茅庐的董明珠，第一次出差便体会到了销售人员的艰辛，这种疲惫不仅是身体上的，也存在于心理上。虽然这次出差一波三折，但她不仅完成了销售任务，还积累了宝贵的经验。第一次便获得成功，更让她对未来有了十足的信心。

从纸上谈兵，到初显身手，董明珠只用了很短的时间，她的努力与坚持，也为她带来丰厚的回报。

跑遍北京、天津、东北地区，董明珠意识到，不同区域、不同性格、不同品行的经销商，应对的方式也大有不同。营销对她来说，逐渐从之前那个陌生的概念转化为具体实在的东西。在回来的火车上，她一改出发时的矜持，近距离地观察同行的旅客，尝试着与他们聊天，了解大众的需求和心理，即便不是为了销售空调，也能作为一种锻炼。

对于销售，除了老业务员传授给她的心得，她自己也慢慢地领会了许多道理。比如只有成功地完成了销售，一个企业才算有了收入，销售时除了要用嘴，更重要的是用脑，努力卖出商品，才能让企业真正活下去；就算临近最后期限时也不能放弃，无论是每月的最后几天，还是即将离开一个城市的最后几小时，就像一场长跑，只有跑到最后才是胜利，因为没人知道会在终点遇见什么惊喜，最后的一搏，正是最容易创造奇迹的时刻。

要强的董明珠终于凭着自己的倔强，走过少年时代，走过人生的磨难与风雨，硬是在一个新的时代、新的城市、新的行业中闯出自己的路，曾经那个撞了南墙也不回头的董明珠，也认定了销售这个充满挑战性的职业。

肯干又能干的她，从此走上崭新的人生道路。

第二章

路在何方,路在脚下

巨大的突破

首战告捷，证明了董明珠极强的学习和适应能力，更显露出她的无限潜力。

回到珠海后，董明珠还来不及好好"消化"这次获得的经验，上级便给她下达了新的任务——开拓市场。与之前跟着老业务员"实习"不同，这一次上级只派出她一个人，目标是安徽。

从懵懵懂懂拼命学习，到"实习"销售，董明珠用超额的成绩证明了自己的实力，如今她终于要一个人面对挑战了。

董明珠觉得很高兴，因为这说明她的进步速度迅猛，她又一次战胜了困难，也战胜了自己。但同时，她也难免感到紧张，这是她第一次自己负责一个地区，接下来将要面临的问题，可能造成的失败，都由她一人负责和承担。

当时的安徽市场并不乐观。安徽省虽然是中国的人口大省之一，但经济状况相对低迷，甚至可以说是较为贫穷，而空调在当时被人们视为奢侈品，要在一个并不富裕的地方推广奢侈品、开拓市场的难度可想而知。

董明珠对安徽市场一片茫然，她不知道自己能否成功，但她相信万事开头难，无论什么事总要先去尝试。如果在开始前便失去信心，之后的道路只会越发艰难。

怀着信心和决心，董明珠踏上前往安徽的征程。直到抵达安徽，她才知道自己这一次的"紧急任务"是要账追债。她只是一个入职不久的业务员，之前钻研的也都是如何将商品更多地卖出去，要账的事，她之前没有想过，更没有接触过，但如今却不容回避地摆在了她的面前。

更棘手的是，这笔账目已经一拖再拖，很明显对方并不配合，甚至可能想要赖账，无疑是一块"难啃的骨头"。在要账这件事上，董明珠没有经验，只有信心，但她坚信一个道理——欠债还钱，天经地义。

就这样，倔强耿直的董明珠开始了自己的第一次孤军战斗。

在接触销售行业的最初，董明珠只是明白了没有完成销售就没有收入，但事实上，商品销售出去，最终却要不回来钱，企业依旧会亏损。如果债务一直拖下去，甚至能将一家企业拖垮。正因为如此，董明珠的要账任务才被列为紧急任务。

当时，由于安徽地区经济不发达，经营艰难，许多民营企业都在欠债，能拖一天是一天。遇到这种情况，大部分销售人员都喜欢在饭桌上谈生意，除了必备的销售技能，他们还拥有陪人吃喝玩乐的本领。

不过，对于这种方式，董明珠非常厌恶。在她看来，销售不该依靠吃饭喝酒来拉拢人心，而是应该依靠产品质量以及价格优势。经过一段时间地了解，董明珠已经注意到空调行业与服装等时尚行业的不同，空调的外形和包装不会每年更新换代，一台空调通常会使用三年以上，因此，空调的实用性大于装饰性，质量才是关键。

因为自己是一个只认道理的人，董明珠总是想以理服人，但偏偏有些人不会和她讲道理。这一次安徽之行，董明珠面对的是一个欠账老手，她没有客套地请对方吃饭，而是直接登门拜访。

这家电子公司的规模并不小，200多平方米的气派商铺，几十名工作人员也都穿得光鲜，无论怎么看都不像是没钱的样子。若不是因为经营不善而欠账，那么一切便是蓄意而为，这种情况让董明珠的要账之路变得相当不顺利。

见到老板，董明珠递上自己的名片，对方表示知道他们的企业，但不认识董明珠。一开始，董明珠很有耐心，她认真解释情况，称自己是新的对接人，因为不是很了解之前的情况，希望可以进行对账，将之前的欠款结清，也为之后的合作打下良好的基础。

作为新接手的销售人员，提出对账是合理的要求。但对方毫不犹豫地拒绝了，并告诉董明珠，别人家百万千万的产品都压在库房里，也没人说过对账的事，做生意就是一批货卖完了付钱，一直都是这么简单的事。

出师不利，董明珠见对账结款的事说不通，便提出了退货，但这个要求同样被拒绝了。遇见这样的无赖，董明珠一时间也没有好办法，只能先回旅馆。她试着联系其他人商量对策，但其他业务员也没什么好办法。事实上，如果能想出好办法，这笔钱早就追回来了。

董明珠明白，眼下她只能依靠自己，想到那个老板无赖的模样，董明珠气愤不已，她决定以其人之道还治其人之身，既然要比谁无赖，那她就要更无赖！

接下来的日子里，董明珠每天去对方公司"报道"，催促老板退货。这场没有硝烟的战斗从最初的对峙变成了持久战，转眼便过去了40多天。

在这场战斗中，对方老板只能通过不去办公室来躲，或者是被董明珠堵住后，答应第二天退货，到第二天却不见踪影，总之坚持一件事——既不还钱，也不退货。

国庆前夕，对方老板终于同意董明珠将库房里的存货拉回去；可是第二天，当董明珠租了一辆车来到这家公司门前，却发现大门紧锁，原来是这家店在国庆节放假了。

受到欺骗的董明珠一腔怒火，但她没有放弃，40多天来，她一直盯着这笔债务和这批存货，没有时间联络其他客户，也没有空去推销，一个多月业绩全无，如果不能将存货拉回珠海，那么她就是竹篮打水一场空。

意识到这一点，原本已经有些灰心的董明珠再一次振作起来，她不能输在这里，为了这笔账她坚持了这么久，必须有一个结果。

倔强的她凭着一股干劲，在国庆节之后继续上门催促。董明珠每天上门去堵，对方老板只能躲着，可是他也要经营公司，不可能一直不去办公室。终于，他被董明珠堵住了。

压抑许久的怒火即将爆发，一见面，董明珠就开始指责对方不守信用，对方老板先是推托说："没有车，明天再说吧。"董明珠自然不听这一套，直接说自己已经雇好车，马上就可以去拉货，对方马上又说手下员工不同意退货，需要时间做思想工作……

这种无赖的托词终于彻底将董明珠惹怒，积攒了一个多月的愤怒瞬间爆发了，董明珠怒吼起来，道："你是不是总经理？你当面讲的给我退货，怎么又说话不算数了？从现在起，你走到哪里我跟到哪里！我不像你，绝对说话算话，不信咱走着瞧。"

董明珠坚决的气势彻底震慑了对方，对方终于同意退货，并约定在第二天办理。

那天晚上，董明珠一夜没有睡好，她很担心对方再一次故技重施。对于之前的种种，她感到气愤而委屈，明明是对方不讲道理、欠债不还，自己却要一而再再而三地被欺骗，忍受种种失望。若是换作其他人也许早已知难而退，但董明珠坚定不移地相信，自己是有道理的那一方，既然有道理，就一定要坚持，绝不能服输。

第二天一早，董明珠租了一辆卡车开到那家公司门口。这一次，对方终于遵守信用，放她进了仓库。在两个巨大的仓库和许多隔断中，董明珠仔细查找自己厂子的产品，亲自带领工人们搬运。

之前对方一直声称仓库里存放的都是没卖掉的新商品，但是，直到进了库房董明珠才发现，那些所谓的"新商品"中混着一些用旧的报废品，就算拉回去也抵不上高达42万元的货款。

董明珠恼火不已，胆大的她一不做二不休，既然进了库房就不能空手离开。于是，她指挥工人搬走了一些不是自己厂子生产的货品，直到她认为这些"退货"足够抵得上货款才罢手。

虽然之前在气势上压制了对方老板,但在搬运的整个过程中,董明珠都没办法彻底放心。

经过一个多月的"战斗",她知道对方为了赖账什么都做得出来。所以,直到装完车、坐进驾驶室,车子终于发动时,董明珠才彻底松了一口气。

经过这一场艰难的追债经历,董明珠发誓今后再也不和这家不讲信用的公司合作了。她带着一车货回到珠海,按照账面扣掉等额货品之后,还剩下一些货品。虽然对方公司信用全无,但董明珠却不愿做一样的人。因此,她通知对方到珠海将东西拉回去,这样做既没有占对方便宜,也让对方为自己的不诚信付出了代价。

这是董明珠的第一次"出征",她打了很漂亮的一仗,没人能想到,一个女人,不哭不闹,而是凭着一股韧劲追回了欠款,这件事在业内不胫而走,董明珠也因此被厂子的管理层注意到。

董明珠与很多销售新人不同,她在销售行业中是新手,经验不足,但她在生活中却饱经风雨。她知道,所有胜利都是阶段性的,一次胜利只能代表一个任务圆满完成,无论是人生还是事业,都有无数任务和考验在等待着她,她可以休整,却绝不能停止进步。因此,得胜归来后,她并没有像很多年轻的业务员那样沉浸在兴奋中,而是开始考虑之后的道路。

要账这件事刷新了董明珠对安徽市场的认识，更改变了她对销售工作的认识，她更加明确地意识到，销售绝非饿虎扑食那样简单直接地卖东西，而是一场场真正斗智斗勇的战役。

吃一堑长一智，经历过如此艰难的要账，董明珠想换个方式，让经销商先付款再交货。这个办法自然很好，也免去了追债的麻烦，但在当时只有创出名气的厂家，比如春兰、华宝等才能这样进行代销，1991年才刚刚改制成立的珠海格力电器股份有限公司显然没有这样的名气。

不过，董明珠的想法和提议还是得到了上级的应允，但是他们也提醒董明珠，尝试是可以的，但一定要慎重。

对于先款后货的难度，董明珠不是不清楚，安徽市场的经济状况低迷，当地又习惯了先交货后付款的代销模式，想推动新的模式更是难上加难。但董明珠的选择和决定不会变，事在人为，她决定认真尝试，一定要将不赊账当作自己的第一条商规，并将其坚持下去。

董明珠拿着产品介绍走了一家又一家，她对自己厂子生产的空调很有信心，同时也坚信着质量取胜的道理，她相信一定会遇到有诚信的商家，愿意接受自己的条件，尝试新的合作形式。

一路谈下来,她碰了许多钉子,看到了很多表情,有毫不犹豫拒绝的,有直接送客的,有质疑的,有无奈的,甚至有人嘲笑她异想天开……即便如此,董明珠依旧鼓励自己保持微笑,再敲开下一个家电商店的大门。

终于到了淮南的一家电器商店,店里的女经理被董明珠的勤奋和诚恳打动,答应先进20万元的货,如果销售得好就追加数量,如果销售得不好之后就不要了。

这是董明珠谈成的第一笔先款后货的生意。拿着20万元的支票走出商店大门,她的眼是潮的,心却是热的。她马上安排送货,并认真负责地对这单生意进行了后续跟踪。

在当时,很多业务员的最终目的都是签销售合同,他们大多签完合同后便对经销商不闻不问,董明珠却一次又一次地亲自登门,到店里去看货卖得如何,询问客人意见,诚心地站在商家的角度和立场去面对市场、解决问题,帮忙出谋划策。

格力是个小品牌,又没有资金进行宣传,就算将空调摆在店里也很难畅销。为了更快赢得口碑,董明珠建议经理发动员工,让他们先将这些产品推荐给亲戚朋友试用。

有了良好的口碑,空调的销量大增。1992年夏天,20万元的空调全部卖出,当那名女经理提出继续进货时,董明珠激动不已,欣喜、自豪,都不足以表达她当时的心情。她知道,自己又迈出了坚实的一大步,纵然有很多人否定和嘲笑她的想法，但最终还是得到了市场的认可，从此她终于可以扬眉吐气，更有信心地将先款后货的交易模式推行下去。

一击突破，多点开花，从一家商店的胜利开始，董明珠很快取得了其他经销商的信任，订单一张跟着一张，"先付款后交货"的销售模式也彻底确立。

之前所有的艰辛都是漫长的准备，胜利仿佛在转眼间来临。那一年，格力在淮南实现了240万元的销售额，市场打开了，淮南也成为安徽省内空调销量最高的城市。董明珠在安徽的第一仗打得充满艰辛，却又赢得漂亮。

从进入销售行业、成为一名业务员开始，董明珠完成了一次又一次的突破，突破自己，突破难关，更突破了积习已久的销售模式。她用自己的努力向所有人证明，想要发展就必须突破，只有不断前进，才能获得真正的发展。

从高到低的坚持

没有准备的人容易顾此失彼，若想取得全面的胜利，就必须从全局考虑。进入安徽市场之前，董明珠便进行了详细地市场调查。

她先后去过合肥、芜湖、铜陵、安庆等地，除了与当地销售人员接触，还联络了几位经销商，他们的反应和反馈，让董明珠对打开市场充满了信心。

她将自己进军安徽的第一站选在淮南，除了因为这里有之前的老客户，更因为淮南地处长江三角洲腹地，牵动着整个长江三角洲的局面，有利于扩大市场。但安徽不止淮南一个城市，在淮南的首战告捷，意味着她已经开启下一场争夺——芜湖。

在淮南时，董明珠的工作重点是如何扩大格力的名声和品牌影响力，到了芜湖，却是一场实实在在的争夺。

当时，芜湖市场刚刚打开，人们对于空调品牌的喜好还没有固定下来，每个品牌都处在同一条起跑线上，董明珠要做的便是尽快抢占一部分市场，让格力成为芜湖地区人们熟知的空调品牌。

对于淮南市场的情况，董明珠已经很熟悉，但到了芜湖，一切都要重新摸索。

董明珠没有丝毫畏难情绪，她有胜利的经验，而且，她独创的售后跟踪服务已经让所有经销商都赞不绝口，说销售格力的商品又省心又放心，董明珠相信，这个方式在芜湖也一样能取得极好的收效。

董明珠抵达芜湖时已是夏末，旺季即将结束，留给她的销售时间也所剩无几。她先去了几家商场，但效果并不好。董明珠来不及一家家尝试，她直接找到一家占据市场高份额的国营电器商场，这里之前代销过"海利"空调，虽然"海利"空调的销量很一般，但至少双方对彼此并不陌生。

董明珠见到了这家商场的经理，对方表示可以合作，但要将之前欠他们的账结算一下。细问之下，董明珠才知道，在之前的合作中，业务员因为疏忽欠下账款，但一直到现在都没有归还。向来讲究诚信的董明珠一时间面红耳赤，答应核实后尽快将账款补回去。

当时的总部并没有形成和规定出统一的营销流程，业务员各有各的方式，这导致了工作交接时常常出现账务问题，在董明珠的反映和跟踪下，这笔拖欠的账款终于落实下来。商场经理对董明珠诚信认真的工作态度十分赞赏，出于信任，他主动订下一批格力空调，还与董明珠一起针对芜湖的空调市场制订了一套营销计划。

第一批格力空调运进了芜湖，商场大力宣传，吸引了越来越多的顾客关注了解，格力品牌也渐渐有了名气。董明珠在芜湖的第一仗，凭借着还款的诚意完胜收兵。

也正是这次经历让董明珠深有感触，做销售不仅要考虑如何催账，更要重视合作中关于钱款问题的整个流向，因为合作是互利互惠的，尊重对方的利益既是诚意的表现，也是诚信的基本原则。

与此同时，董明珠的营销计划也正式开始运作，经过一段时间的大力宣传，董明珠将目光投向了二级商场。

之前这些商场很多都在代销"海利"空调，但销量并不好，虽然"海利"成了格力，还被国营的大商场接纳，但中型商场依旧在止步观望，因为它们规模不够，资金相对较少，没有试错和亏损的资本，董明珠深知这一点，她要做的正是如何帮这些商场下决心。

董明珠找到一家商场的经理洽谈，告诉对方格力之后要配合芜湖市场进行大力宣传，在宣传之前，价格自然更为优惠；最后，她还告诉对方，另外一家同等规模的商场刚刚进了30万元的货。

同等规模的商家之间都存在着竞争关系，品牌种类丰富也同样是一项不可忽视的指标，再加上看到国营大商场进了许多格力空调，而且没有大力宣传，只依靠口碑便有了不错的销量，这家商场的经理终于决定冒险进货。

董明珠最看重的便是诚信，因此，就算再苦再累，她也不会让信任自己的人失望。经过之后的大力宣传，格力空调的销量果然一路稳升。

了解情况，是董明珠最大的制胜法宝。她没有让二级商场进太多货，这样就不会有压货的风险，再加上谈成生意之后，董明珠依旧经常联络，进行售后沟通，不仅进一步建立信任，更为下一次的合作打下基础。试问，谁会拒绝一个愿意主动帮助你、替你分忧的人呢？

董明珠实行的是先付款后发货的原则，商品卖掉了，钱也早已入账，她却依旧愿意花费时间和精力去跟进售后，这不仅是因为她的责任心，更重要的是，她明白商家的重要性。

如果市场是销售人员的老师，那么商家便是一间教学设备齐全的教室，只有在这里才能接触到广大顾客，听到他们的反馈，了解他们的需求，知道商品卖得如何，知道有哪些地方需要改进，让产品越来越好，让顾客越来越多。

董明珠在芜湖的计划是先从市场份额最大的国营商场入手，再到普通商场，最后是一些散用户。

几个月的时间里，董明珠走访了很多散户，他们的购买力很高，但因为经营规模较小，他们最担心的就是货物压在手中卖不出去，导致资金跟不上。董明珠便许诺说，如果真的卖不出去可以退回来。这样一来，散户们顾虑全消，芜湖的市场就这样被董明珠从高到低地打通了。

商界的消息传播极快，因为每个商人都想掌握市场的第一手资料，抢占先机，董明珠贴心的营销方式也在当地迅速传播开。很多散户闻风而来，慢慢地董明珠不用自己出去跑业务，也会有客户找上门订货，有时一天的销量就高达到几十万元，芜湖市场局面大好，遍地开花。

光鲜的背后总有着许多苦痛，董明珠在芜湖地区创造出猛虎下山一般的销售形势，依靠的不是运气，而是一点一滴的积累和努力，每一天，每时每刻，她都在为销售殚精竭虑。

休息仿佛与她无缘，因为她需要不断学习，不断开发自己的潜力，磨炼自己的能力。

初到安徽时，她是初生牛犊不怕虎，直到开始自己拓展业务，董明珠才明白，独立做销售与跟着前辈做销售完全不一样。

曾经跟着老业务员在北京、天津、东北地区"实习"时，董明珠并不懒散，但那时候她心里有底气，精神上有靠山，她可以跟着前辈学习销售知识，至于自己的业绩，就算一个月没有达标，还有下个月，继续努力就好。可是到了安徽，一切都要靠自己，她就是"老业务员"，她要解决各种问题，要开拓市场，要带新业务员，压力自然也是多方面的。

董明珠感觉到压力很大，但这不代表她会被吓退，相反的，在压力面前，她打起十二分的精神，浑身上下充满了不出成绩誓不罢休的干劲。

中年时期入行的董明珠，其实从来没有系统地学习过销售，她掌握的一切都是靠一双眼去看，靠着自己张口练，她从底层做起，什么事都只能自己钻研。在芜湖的那段时间，董明珠总是早出晚归，没有经验丰富的业务员帮助她，一切都要自己打拼，而那时的她，其实只有几个月的销售经验。

连日的劳累，让董明珠的身体状况也出现了问题。一次，她下班回家后觉得不舒服，坐下休息了一会儿，还是觉得心神不宁，结果强撑了不一会儿就晕了过去。

董明珠原以为是疲劳过度，只要休息一晚就好，可是第二天她醒来时仍然心神不宁，还伴着恶心和站立不稳，没有办法，她只能打车去医院检查。原来是因为她工作太拼命，长期缺乏休息，导致身体不适，同时还伴有低血糖症状。

那时候的董明珠简直可以用面黄肌瘦来形容。医生告诫她，钱是赚不完的，身体才是革命的本钱，如果再不注意休息，她会得大病的。

对于自己连日的疲惫，董明珠不是不知道，这样拼命熬着会影响身体，她自己也清楚，可是心里知道，做起来却不容易。安徽市场的业务拓展才刚刚开始，她孤军奋战，没人能帮她，如果她停下来，谁去跑业务？如果不跑业务，被其他品牌占领先机该怎么办？

这些担忧，这些难题，都要她一个人面对，一个人解决，她没办法休息，只能拿上医生开的药，离开医院直奔经销商那里，继续她的工作。

没有帮手，董明珠只能不断提高自己的效率，同事们都说她可以用一个成语来形容——"虎虎生风"。因为董明珠总有很多事要忙，她走路很快，只要她从旁边经过，总能带起一阵风来。说起来是玩笑，背后却是辛酸。正是凭着这样的效率，董明珠在芜湖市场上速战速决，占领先机。

从高到低，坚持以最合适的方式与不同规模的经销商进行合作，有计划有步骤地推进，让董明珠在芜湖市场的业务拓展取得最高效的成果。单是第一家"试水"的国营大商场就销售了一百多万元的产品，格力空调不仅销量好，甚至反过来带动了商场的整体销售情况。

在芜湖的奋斗，时间最短，也最成功。

时间短，是因为抢占市场的需要，更有赖于董明珠——"拼命三娘"一般的干劲，而她的成功，既是得益于她之前几个月销售经验的总结和运用，更仰仗于她的坚韧与诚信。

性格中的坚韧与要强，支撑她迎难而上，解决一个接一个的问题；品德中的诚信和热情，则为她维护了大量经销商，引来更多订单，形成长期的合作。

如果说她在淮南是首战告捷，那么在芜湖，她便是大获全胜，但这些只是她进军安徽市场的前两步，接下来，她即将迎来在安徽市场至关重要的一场博弈，而她最终在安徽市场创下的成绩如何，也在此一搏。

铜陵市——由市到省的转折

进军安徽的计划中,董明珠将最后一块硬骨头定在铜陵。这里与合肥、池州、芜湖、安庆比邻,在地理上呈辐射状,可以说是一个真正能一点多面带动周围地区发展的重要城市。

打开淮南市场,立足芜湖市场,最后再将格力推进铜陵,三个城市环环相扣,董明珠正是打算依靠这三个城市的空调市场打开安徽的大门,从局部向整体拓展,稳中求胜。

经过在淮南、芜湖的历练,她早已不像最初那样盲目,仅凭着一腔自信;现在的她有计划,有目标,怀着不知能否大获全胜的忐忑,也充满势在必得的干劲。

在铜陵,董明珠经历了开拓安徽市场最难最苦的一次博弈。

铜陵盛产铜,因此得名铜陵,与安徽其他城市相比,这里的经济基础很好，工业园区数量也很多，与淮南、芜湖市场看重价格的情况不同，铜陵的经销商和客户更看重产品本身。

董明珠再一次面临新的挑战，因为她对铜陵的销售环境是完全陌生的，她必须因地制宜，找到最适合当地环境的方法。虽然已经接连取得胜利，但董明珠依旧沉下心来，让一切回到起点，从熟悉市场开始做起。

她先去了一家之前卖过"海利"空调的商家。可是，当她带着账本上门，对方却说他们没有欠账，不仅没欠账，反而是"海利"收了钱不给货。

董明珠以为是自己的疏漏，又重新查看账本，确信自己没有算错，便好言解释，说"海利"之前发的货超过了对方支付的货款等等。对方的态度很强硬，董明珠只好堆上笑脸再三解释，并提出对账，并承诺如果确实是自己这边的问题，一定督促公司尽快将货物补齐。

伸手不打笑脸人，更何况董明珠的话句句在理，对方的态度也跟着缓和下来，不过依旧抱怨仓库中积压着很多"海利"的货物，由于"海利"当时只有窗机空调，品种很单一，又没有知名度，在竞争力上远低于其他品牌。当时的春兰、华宝、小天鹅等品牌，不仅名声在外，更有分体机、柜机等多个品种，几乎不用推销，顾客就会冲着品牌来买。

董明珠认真听着，虽然与知名产品相比格力空调确实优势不大，但只要用心收集反馈，她相信总有一天格力也能成为新的知名品牌。

为了更深入地了解情况，董明珠还询问了顾客选购空调时的顾虑，这才得知安装空调还需要提交申请，额外交费。为了减少麻烦，很多人宁愿忍着热也不买空调，所以整个空调市场的生意并不好做。

虽然初次见面时，这位商家并不友好，但也道出铜陵空调市场当时的种种现象和问题，再加上董明珠谦逊的态度，两人的沟通逐渐愉快起来，最终约定了对账时间。之后的几次沟通和交流，更让他们彼此认定对方是正派、诚信的人。

随着与总部方面沟通的跟进，双方的账目也核对完成，但是，董明珠并没有忘记自己最初的来意，她到铜陵是销售产品的。因此，在最后一次对账结束之前，董明珠直白地表示，希望对方能再进一些空调，经过数次愉快地沟通，这单生意顺利成交了。

但是，铜陵不止一个商家，一家一家走访的话周期漫长，而且市场上存在的问题走到哪一家都依旧存在，为了更快地取得成效，董明珠决定从根本上解决问题。

当时，随着改革开放，下海经商大大推动了各地的经济发展，因此得到了政府的支持，很多时候，政府能在某种程度上帮助商人解决问题，董明珠也想到了找政府。

安装空调的手续复杂，主要是因为供电局的规定，因此，所有想买空调的人都要去供电局申请。董明珠也来到供电局。她发现办理空调业务的营业部设有空调的销售展厅，不仅摆着几台空调，还配有销售人员，这让董明珠发现了巨大的商机。

她找到营业部经理，想说服对方同意销售格力空调。但这名经理对空调完全不懂，董明珠便从空调的生产一直讲到销售环节。她不仅对格力的产品了如指掌，对市场上同时销售的其他几个品牌的特性也都如数家珍。

凭借极强的专业能力，董明珠获得了经理的信任。那段时间，她频繁出入供电局，就连很多工作人员都认识她。经理知道她是销售人员，但因为金额巨大，他没办法一个人做主，于是在一次领导视察时，经理将董明珠的情况汇报给了供电局局长。

对市场的准确把握、对空调的专业知识、对工作的认真与热诚，让董明珠赢得了局长的认可。对于董明珠的提议，局长同意且亲自签字，购买了价值50万元的格力空调。

董明珠将空调卖进了供电局！一时间，这个消息传遍了格力的内部，也传遍整个铜陵市场。

对于董明珠来说，在铜陵的工作才刚刚迈出了第一步。

由于供电局的工作人员对空调的销售和安装都不熟悉，他们服务客户时也会遇到很多问题。

那时候，很多商场为了提高竞争力开启了上门安装服务。供电局虽然也有安装人员，但这些人的积极性并不高。于是，董明珠又组织了一支安装队伍，既分摊了一部分安装任务，同时也提高了竞争意识。

在铜陵，还有其他品牌的业务员，其中也有竞争力很强的人，他们有头脑又勤快，常常与客户一起吃饭，很多事都能在酒桌上办成。董明珠没有这样的优势，她也不喜欢这种方式，但她不能输。

考虑再三，董明珠另辟蹊径，将工作重点放在了营业员身上。因为，只有营业员是与顾客面对面打交道的，既能成为推销产品的第一人选，又了解顾客需求，在销售环节中有着无法取代的地位。更何况营业员大多数都是女性，与董明珠也有很多共同话题。

为了保持与供电局的长期合作，董明珠开始细心地教营业员如何销售空调，但是，营业员和她闲聊时很积极，学习的热情却并不高涨。究其原因，是因为利益不挂钩。即使营业员努力让空调卖得好赚到钱，他们自己也没有任何收益，为了改变这种局面，董明珠再次找到经理，最终促成供电局空调经营模式的改革。

此后，董明珠不仅经常找营业员聊天，还会和她们一起销售空调，销售额都算在营业员自己头上，这样一来，营业员学习销售的热情也得到极大提升。在真诚轻松的环境里，董明珠与她们成为销售上的战友、伙伴，更成了朋友。

过了一段时间，董明珠的营业员销售战略取得了显著成果——格力当年的销售额超过往年的销售冠军宝华。在一点点地积累中，营业员的奖金越来越多，董明珠的销售业绩也在不断地刷新纪录。

随着各种问题的解决，格力与铜陵供电局的合作稳定下来，品牌名声也更加响亮，这让董明珠在铜陵的销售拓展变得方便了许多。

总部得知董明珠取得的成绩后也很满意，不仅嘉奖董明珠，更号召全员向她学习营销方法，向全国推广格力。

从进驻大型商场到供电局，由营业员带动，董明珠成功地让格力空调在铜陵市场站稳脚跟。在铜陵，她耗费了最长的时间，耗费了最多的心血，也经历了最艰苦的考验，终于打开了安徽市场。

对于她来说，自从着手开拓安徽市场，每一天都充满了挑战，每一天都要克服困难，但她也在这样的攀登中不断成长，终于从奋力地跨越销售高峰，到让自己也成为一座高峰。

此时的董明珠再不是初出茅庐的业务员，她已经身经百战，经验丰富，但前方的路依旧艰难漫长。格力空调不能只停留在三个城市,她必须将它推向安徽全省。此时距离这个辉煌的目标,还有一半路程需要跋涉。

开拓艰难,需要的是魄力与远见;收尾艰难,需要的是坚韧和沉着。旗开得胜,最终败北的事古来常有,获得胜利的董明珠深知这个道理,她没有太多时间为自己在铜陵的成绩庆祝,为了保卫已经取得的成绩,董明珠必须尽快将安徽省内其他县市的市场牢牢把握住。

之前的城市争夺,是占据有利的位置,而现在,她要将自己的成果版图推广开来,将格力的产品铺向整个安徽市场。

决胜安徽

有了成功的经验,自然会想要如法炮制,董明珠也想利用与供电局合作的模式,在安徽的其他城市推广格力空调。

但是,她之前与铜陵供电局的合作已经在业界传开,很多厂商纷纷效仿,也开始争夺供电局这个稳定的市场。

这是一场争夺战,董明珠不仅要与其他厂商赛跑,更要与时间赛跑。在铜陵创下的战绩,让她与其品牌的业务员更有优势,如果不能凭借这个优势抢占先机,格力就会被其他品牌赶超。

董明珠每天只有几个小时的睡眠时间,她一直在路上,不是在出发前往另一个城市的路上,就是正从另一个城市赶回来。去合肥,到安庆,她将格力推向整个安徽。

作为安徽省的省会城市,合肥发展十分协调,虽然没有太多工厂，但这里却有很多组织机构，因此空调的需求量也相当可观。

经过与同行的短暂竞争，董明珠与合肥供电局达成合作。因为之前董明珠与铜陵供电局的合作非常愉快，合肥供电局对这次的合作也很重视，他们还为董明珠介绍了几个商家，这让董明珠初入合肥市场便已经占据优势。

但是，只凭几个客户根本不足以进军合肥市场，董明珠依旧在寻找机会。而皇天不负有心人，在朋友的介绍下，她认识了一位从事汽车贸易工作的经理。

命运总是让人难以捉摸，没人知道前方有什么，更不会有人知道，风吹来的哪一颗种子会落地生根，最终开花结果。

在销售岗位上不断前行的董明珠，早已懂得广交朋友的重要性，因为她知道，任何一类人群中都可能有潜在客户。

因此，当她与这位从事汽车贸易工作的经理相识后，董明珠并不认为自己会和这家公司有什么合作，她只是抱着多了解各行各业销售情况的想法与对方接触。

沟通的过程中，董明珠从这位经理那里学到很多汽车行业的生产和销售情况，听着对方公司的发展情况和关于未来的前景规划，董明珠仿佛踏入了另一个产业世界。

董明珠也将自己掌握的关于空调行业的发展情况知无不言地告诉了对方，她在空调领域的专业能力和极大的热情让这位经理刮目相看，于是经理委托董明珠为他的公司量身制作一份详细的市场报告。

董明珠工作起来一向雷厉风行，几天之后，这份报告便摆在了经理面前。看到计划中125万的排货量，这位经理竟然直接通知会计准备资金，准备进军空调市场。

就连董明珠也有些惊讶，她好心劝说对方少进一些货，毕竟对空调市场不够熟悉，这位经理却笑着说没事，他入行几十年，知道怎么卖东西。

有人担心董明珠是骗子，有人劝他没接触过的产业不要太冒险，有人劝他再调查一下，但这位经理依旧没有犹豫，他相信董明珠，既相信她的人品，也相信她的专业能力和对市场的判断力。不仅自己信任董明珠，这位经理还将朋友介绍给董明珠，她也因此抓紧机会打开了合肥市场。

胜利来得太快，一切都顺利得超出董明珠的预期，她不禁感慨万分。合肥的迅速拓展，让她在安徽推广的进程大大加快。虽然比在之前的三个城市销售情况略低，但董明珠却学到了更多，也有了更多领悟。

从这位经理身上，董明珠学到老一代企业家特有的坦率与耿直，他们有魄力，相比于投机，他们更习惯根据市场情况制定计划，根据人进行合作，产品与诚信永远是第一位的，这样反而能为他们带来持久的利益。

如果说董明珠在合肥学到了作为商人的立身之本，那么在安庆，她学到了作为一个商人真正该有的模样，从衣着，到谈吐，进而影响了她的整个销售人生。

安庆是一座文化城市，与董明珠在其他城市接触的商人相比，这里的商人更加儒雅。

之前，董明珠一直认为，一名销售人员最重要的是卖出产品，而产品的质量拥有最终决定权，她打扮得再光鲜亮丽，产品不行还是不好卖；如果产品好，她朴素一些也没关系，反而不会喧宾夺主，影响客户对产品本身的关注。

因此，董明珠在自身的形象问题上一直不太在意，就算很多同事好言提醒她，她也依然如故。直到来到安庆，董明珠才意识到，自己之前的想法过于简单。

在安庆，她发现儒雅的商人也能卖出产品，与他们沟通时只觉得如沐春风，这些人既能建立起良好的形象，又能令人信服，让人愿意与他们来往，生意自然也越来越好。

董明珠也开始反思自己，她意识到，得体大方的装扮，不仅能提升自信，同时也表达着对合作者的尊重。当然，除了衣着，更重要的是思想上的武装，用形象给人留下良好的第一印象，再用丰富的专业知识和过硬的业务水平打动他人，才是稳胜不败的根本。

做销售，不仅身体要一直在路上，思想也要在路上。每一座城市，每个合作者，每一次沟通与交流，都是一次提升的机会，董明珠每走过一个地方，她的营销知识就丰富一些。

完成了几个大城市的销售任务，董明珠开始在安徽省内四处奔波，凭借着自己的毅力，用一双脚、一张嘴打开了整个安徽市场，安徽也成为董明珠一战成名的"强化训练场"。

在这里，董明珠过关斩将，闯过一个个难关，从陌生到熟悉，从生疏到熟练。曾经的她倔强、要强，很少流露出柔弱的模样，即便是遇到突发状况，她依旧沉着冷静，自信让她的内心如钢铁一般坚强，不会有丝毫动摇和软弱，在一场场的历练中，董明珠变得霸气起来。

随着董明珠走遍安徽全省，格力的名声也在安徽打响，销售状态也转入了良性循环，格力全厂的业务员都在向董明珠学习，学习她的销售思路：沟通——强调——服务。

她成了格力的名人，也成了安徽空调市场的传说。在这片土地上，她独自挑起拓展、推广和销售的大梁，面对不同的情况，她解决了无数问题，也是在这里，董明珠向着"销售女皇"的宝座迈出了坚实有力的第一步。

这一年，是1992年，这一年是董明珠脱胎换骨的一年，这一年，她从一个初出茅庐的业务员，开始走向自己的销售巅峰。

这一年，格力空调在安徽市场的销售额突破1600万元，占整个公司销售额的1/8！从此，董明珠在格力成为一个神话般的人物，她的经历被传开了，她的销售业绩不断被提起，她成为一名令人称奇的销售。

　　董明珠在安徽的成功，有供电局的助力，有机会的垂青，但正是因为她的坚持不懈，才能让她在瞬息之间紧紧抓住机会，让稍纵即逝的机会转变成白纸黑字的合作协议，转变成自己实实在在的销售业绩。

　　就算没有供电局，仅靠拼命地努力和坚持，董明珠也一样能遇到并紧紧抓牢其他机会，从而在安徽市场站稳脚跟。

　　世间的公平，全在于此，只要比常人更加努力、拼搏，便能创造常人眼中的奇迹。

她的伯乐朱江洪

有些成功可以借鉴，有些成功则是多种原因同时起作用，由最勤奋最拼命的那个人，在不断变化的环境里敏锐、准确地抓住机会，乘风而起。

董明珠的成功便是如此。她前往安徽之前，"海利"这个国营小厂生产的空调一运转就响个不停，甚至有客户形容晚上开着他们的空调睡觉就像飞机在头顶不停地盘旋。

由于产品存在质量问题，各地的经销商对"海利"都不是很满意，只是为了增加品牌种类，将它当作陈列商品，如果有顾客买空调，他们也会先介绍品牌更出名、质量也较好的空调，只有顾客在预算上有要求时，经销商们才会推荐"海利"。

总之，合作过的经销商不是对产品本身不满意，就是对服务不满意，因此"海利"的名声并不好，董明珠的销售工作也很困难，她只能不断尝试与之前没有合作过的商家接洽，慢慢推广。

就在董明珠的安徽经受历练、崭露头角时，曾经的"海利"迎来了新的变革。1991年，朱江洪——格力电器最重要的缔造者——成为"海利"的厂长。

朱江洪生于1945年，是土生土长的珠海人，从华南工学院毕业后，他接受分配来到广西百色矿山机械厂。他表现积极，为人热心，更因为在技术工作上不断突飞猛进，朱江洪连连升职，最后成为机械厂厂长。

1988年，带着优秀的工作履历，朱江洪被调回珠海，进入与"海利"同属一个集团的冠雄塑胶厂任厂长。他用一年时间改变厂里的亏损状态，并连续两年创造了收益。1991年5月，集团将工作重点放在空调的生产上，朱江洪也被调任为海利空调器厂厂长。

当时的"海利"规模很小，产品销路也不通畅，更是常常收到关于产品质量问题的投诉，其中有一部分涉及服务，但大多数都是关于设计的问题的。朱江洪自己就是技术人员出身，因此他决定先从自己擅长的领域出发，将产品质量提升上去。

1992年，朱江洪重整旗鼓，与两个助手翻了一整天辞典,最终为他们的品牌定下了新的名字——格力。

改名只是一个开始,之后的几个月时间里,朱江洪干脆住在单位,研究降噪等各项技术。这批经过重新设计的格力空调一经投入市场,就在董明珠手中大卖,彻底改变了之前不好的品牌印象。

是董明珠让格力在安徽市场处处开花,但这背后,有着朱江洪在产品设置、质量上大刀阔斧的改革与创新,董明珠让整个安徽认识了格力这个品牌,格力空调的质量保证也让董明珠在安徽市场一战成名。

1992年,格力在安徽省的销售额为1600万元,而经济相对好一些的江苏省却只有300万元。此时,董明珠的名字已经在格力内部传开,她的业绩遥遥领先,却是刚入行,这让朱江洪甚至产生了怀疑,认为董明珠在其他地方做过销售工作。

为了弄清销售情况,朱江洪决定前往安徽进行考察,由董明珠负责接待。让董明珠感到意外的是,朱江洪作为一厂之长,竟然是一个人来的,没有秘书,没有随行人员,根本不像是视察工作的阵势,而是像一次简单的出差,朴素而务实的风格,这让董明珠对朱江洪更加敬重。

按照计划,他们先到合肥,之后又前往铜陵、安庆等几个主要城市。

见到经销商之后,朱江洪也大为惊讶。在朱江洪的印象里，经销商大多矜持傲慢，但这些人反而友善又热情。他们都在说，是因为董明珠这个业务员值得信赖，所以他们才相信格力品牌；他们还说，董明珠与其他销售人员最大的不同是售后工作上的积极主动，能在销售合同签好后依旧跟进，既是诚信，也说明董明珠对自己销售的产品有信心，所以更值得信任。

铜陵供电局的负责人甚至还记得董明珠第一次出现时的样子，一双黄球鞋，背着黄书包，像个下乡知青，那种吃苦耐劳却对工作极度热情的模样，让他们愿意信任她。

一路考察途中，经销商们的评价和褒奖让董明珠也很惊讶，甚至有些不好意思。之前她一心顾着跑业务，从没想过自己有这么好的口碑，但朱江洪却明白了，这正是董明珠能够取得成功的原因，她能以热情打动客户，再用实力稳住客户。如果每个业务员都能像董明珠这样，根本不用再担心空调的销路。

朱江洪这时已经能够确定，董明珠不是什么销售老手，她只是有着极大的潜力和感染力，以及极大的努力和坚持。在朱江洪看来，董明珠与其他销售人员最大的不同在于，她重视的不是自己的利益，而是公司的利益，她甚至不在乎能分多少钱，只要能留住客户，把货卖出去就好，至于自己的奖金，少一点也没关系。

这样的出发点让董明珠时刻充满热情,她不会单纯地以完成任务为目的去工作,也正是因为这样的出发点让董明珠能够超额完成任务。她内心笃定的原则和身上迸发出的干劲,正是朱江洪眼下需要的精神,格力需要提升整体的积极性,而董明珠就是突破口。

朱江洪将自己考察的目的告诉了董明珠,表达了对格力眼下形势的担忧。除了安徽,格力在其他地区的销售情况都不乐观,特别是经济发展良好的江苏地区。

反观安徽,这里经济欠发达,空调尚未普及,甚至没有得到百姓的普遍认可,但董明珠依旧完成了超乎人们想象的业绩,她也是在所有省份中唯一一个想到与国家部门合作的业务员,可想而知她付出了怎样的努力,为了格力在安徽的推广和发展,又是怎样地殚精竭虑。

朱江洪提出,可以考虑在其他地区推广这种办法,特别是富饶的江浙地区。

对于朱江洪的肯定,董明珠很感激,更增添了一份自豪感与责任感。她用了几天时间认真思考、梳理了其他几个省份的优劣势,做出几个销售方案,再次得到了朱江洪的认可。

带着这几套方案,朱江洪离开安徽返回珠海,经过多次讨论,公司决定对整个市场进行清盘洗牌,而这次计划的第一个目标便是江浙地区。

一个是厂长和董事长，一个是新晋销售，为了一个相同的目标，朱江洪与董明珠相遇了，就像伯乐见到了千里马，朱江洪想将董明珠的成功经验推广开来，铸就整个企业的成功；而董明珠受到朱江洪慧眼识珠的提点，越发激起她心中的干劲。不负信任，以格力为家，以格力为荣，成为董明珠最大的信念。

他们的相遇，极大地影响了两人之后的事业发展。

1992年秋天，朱洪江与董明珠一起乘车前往南京，在车上，他们就格力目前的情况和其后的发展进行了深入的讨论。

董明珠立足于自身经验，从销售的角度提出：想做好生意，不仅要专注于如何把产品卖出去，更应当依靠产品、依靠诚信与客户建立长期、牢固的合作关系；产品一定是第一位的，因为好的产品才能让客户愿意消费，第二位才是销售人员，好的产品要依靠销售员的能力推销出去，只有将这两点做好，一个企业才能有更好的发展。

事实上，董明珠在创下光辉的成绩背后，也受到很多讥讽与诽谤，对此，董明珠并不生气，但她为此忧心忡忡，在格力内部，很多人不愿再去耗费时间和精力寻找、学习好方法多卖空调，而是满怀嫉妒地对他人进行攻击。

董明珠提到的种种情况，也是令朱江洪忧心不已的问题。自从他接手格力，就一直想让这个企业重生一次，而董明珠在安徽的成绩让他看到希望，向他证明了一切都是可能的。

能够遇见这样一个看法相似、忧虑相同的人，让朱江洪大为欣慰。他决定重用董明珠，只有这样的人多了，一个企业才能真正发展壮大。

与朱江洪的相识，对董明珠来说更是一个极好的学习机会。朱江洪有魄力、有胆识，更有野心，最重要的是，他具备极为强烈的商业直觉，他能在其他人都没有发现商机时看清市场动向。

很多企业发展初期势头迅猛，但渐渐地却开始后劲不足，这正是因为企业领导缺乏独到的眼光，而认清自身的优劣，正确判断市场需求，才是企业能够稳健发展的关键。

虽然每个人看法不同，但市场只有一个，事实无数次证明，不是每一个有想法的人都能正确掌握市场的脉搏，把握市场动向，领导企业在不断变化的供求关系中稳步向前。

朱江洪就是这样一个有眼光的人。在他担任冠雄塑胶厂厂长期间，集团上级曾下令要他们停止开发和生产空调模具。朱江洪审时度势，认为空调产业大有前景，于是他没有听从上级命令，而是带着工人偷偷维持生产。很多人认为朱江洪这个选择过于冒险，但是，当后来集团将工作重心转向空调产业时，正是朱江洪当初的"不守规定"，才让那次转型能够无缝衔接，直接提高了空调的生产规模。

在空调的销售方面，董明珠更是看到朱江洪独特的视角。

当时，日本品牌的空调凭借过硬的质量和丰富的类型，在国内极为热销。在窗式、分体式和柜式等多种型号中，国内消费者最喜欢的是窗式空调，但在日本国内，人们却更推崇分体式空调。因为分体式空调压缩机装在室外，冷风主机装在室内，既能减少噪音，又能减少空调体积，节省居住空间。

虽然在当时，国内的消费者们并不接受这种款式，但朱江洪认为，中国与日本同属亚洲地区，同样存在着城市人口密度大、居住面积较小的问题，因此，这种空调一定会成为国内空调的明星款式。

但是，这种空调因为压缩机与主机距离过远，如果接口密封不严，会导致氟利昂泄漏，每年都需要添加氟利昂，既不方便又会造成浪费。经过研究，朱江洪从制造技术上入手，想办法改良这个缺点，同时加快引进这种款式的空调。

虽然有了丰富的销售经验，但是对于市场，董明珠那时的认识尚有不足，她不敢确定眼下受到冷遇的分体式空调能够抢占市场，直到看到朱江洪改良之后的成品，她便打消了顾虑，开始积极推销分体式空调。

正是这一次抢占先机的正确决策，让格力走在市场前面，大赚一笔。

听说过朱江洪之前的种种经历，目睹了朱江洪之后的种种决断，董明珠由衷地钦佩朱江洪的眼光，更信任他的决策。从追随朱江洪，到与他合作，董明珠认为自己最大的收获就是学会了对市场的把握。

她开始尝试用朱江洪的眼光看待问题，久而久之，董明珠也渐渐形成属于自己的独到的商业视角。

朱江洪是董明珠的伯乐，更对她的进步和发展有着不容置疑的影响，在后来的经营中，董明珠与朱江洪一直是相处融洽的合作伙伴。他们都怀着一颗为企业负责的心，他们都想让格力真正壮大起来。

有相似的看法，有共同的愿望，董明珠与朱江洪最终成为志同道合的搭档，他们最终合力将格力送入一个全新的时代，在其他品牌逐渐萎缩、消亡的时代浪潮里，格力依旧坚守在空调行业的第一线。

很多年过去了，朱江洪已经退出人们的视野，而董明珠以格力代言人的身份出现在众人面前，这时的董明珠，已经学会了朱江洪的管理之道，也练就了和朱江洪相似的睿智眼光。

朱江洪一直是董明珠的榜样，遇到节日，董明珠总是去看望朱江洪，对她来说，朱江洪是对她有知遇之恩的人，是昔日的恩师。他们会坐在一起聊聊家常，也聊格力的现状和发展，聊他们曾经共有、如今依旧还在坚持的格力梦想。

第三章

一场改革"拼杀"

她就是业绩

自从格力决定从江浙地区开始洗牌，朱江洪便着手准备前往南京进行考察。出发前，他通知董明珠，要她一同前往南京。作为一名长期游走于市场中的销售人员，董明珠能够从销售的角度发现问题，并提出更切实可行的意见和建议。

江浙地区自古便是富庶的鱼米之乡，这里景致极美，却有着极为炎热的夏天，每年的高温天气长达 40 多天，地面温度常常在 40-50℃，因此这里对空调的需求量也很大，全国的空调企业都想在这里一决高下，竞争的激烈程度可想而知。

作为一名空调企业的负责人，来到这样一块充满商机的土地，朱江洪却感觉不到兴奋，反而忧心忡忡：这里有如此难忍的酷热，有十几家大商场和不计其数的小商场都在销售空调，而格力空调的销售业绩却在年年下滑。

董明珠是南京人，但她对南京的认识停留在日常生活方面，对于空调市场的情况，她依旧需要重新了解。为了尽快摸清市场，董明珠和朱江洪去了几家商场，发现销售格力空调的商场数量稀少，甚至好几家商场经理都表示没听过格力品牌。

　　繁华的南京，空调市场火爆，却没有格力的立足之地，现实的惨烈让朱江洪和董明珠都有些沮丧。好不容易找到一家商场在销售格力空调，对方经理却表示，格力非常不好卖。从产品设计到销售，都令人感到不满，特别是售后服务方面，几乎联络不上售后人员，有时想搭配其他样式的空调却根本联系不到人。

　　工作做得不到位，市场占有率和销售额自然上不去，而这位经理办公室里正在使用的一台格力空调还是早期的"海利"型号，在安徽这个型号的空调早就没有了，在南京却依旧没有更新换代。

　　看到这些，董明珠意识到，格力在南京市场中的问题远比想象中的严重。

　　经商的人中，很多人待人处事都很圆滑，这并不是虚伪，而是要维护所有的潜在客户。

　　在南京，董明珠和朱江洪认识了一位很热情的经理，他们没有合作过，但那位经理表示，之前没有合作过，不代表之后不会有，因此，他对董明珠和朱江洪提出的问题几乎是知无不言，从南京市场一直聊到江苏市场。

了解了市场的基本情况，董明珠和朱江洪又找到格力在当地的销售人员询问情况。在南京这样一个竞争激烈的环境里，除了格力，还有很多不出名的小厂商，想要开拓市场相当困难，南京的业务员只能采取游击战打法，卖完一家再换一家，但这样根本没有正规销售渠道，只能依靠散户，想要完成300万元的年销售额相当困难。

与安徽各个城市的情况相比，南京虽然只是跨省，却仿佛是两个国家。在安徽，经销商个个热情；在南京，不仅格力没人在意，就连格力的董事长也受到冷遇。究其原因，是因为格力品牌并没有得到大家的接受，也没能给经销商们带来收益，简单说，就是市场没有开发好。

在江苏，董明珠和朱江洪还前往常州进行考察，当地的情况同样不容乐观——没接触过格力产品的商场不敢进货，接触过的商场更不敢进，因为不好卖。

在拒绝声中，董明珠和朱江洪离开了江苏。朱江洪回珠海总部，董明珠则继续留在安徽。江苏市场的情况的确令人灰心，但他们都知道，江苏市场不能放弃，一旦轻易放弃，格力就再难翻身。

在南京视察期间，朱江洪就提过希望董明珠能到江苏工作，他虽然没有明说，但董明珠知道，朱江洪想将自己调到江苏去开展业务。距离她离开安徽的日子不远了，可是对于自己一直打拼的安徽市场，董明珠很舍不得。

安徽是董明珠起步的地方，对她来说意义非凡，董明珠不仅对安徽市场有着深厚的感情，她更担心那些刚刚维护好的客户会因为她的离开出现变动，影响销量。

可是，一想到江苏市场低迷的形式，想到朱江洪的知遇之恩，董明珠便意识到，格力的全面发展比她个人在安徽取得的成绩重要得多。

考虑再三，董明珠离开了安徽，接过了江苏地区的开拓任务。

任何改变都需要付出成倍的艰辛，董明珠除了要暂时放弃在安徽取得的成绩，更要调整不同的状态，应对新的市场，无论从哪个方面来说，她都在经历着脱胎换骨的过程。

对于任何商家来说，富裕的江浙地区都是一块美味的蛋糕，但是，想在众多竞争者中成功分到一块，远没有想象的那么容易。

空降到江苏的董明珠，从一开始就遇到了极大阻力。江苏地区的业务员知道自己的销售业绩糟糕，因此人人自危，对董明珠的到来也非常排斥。他们吓唬董明珠说江苏市场不比其他地方，言下之意，想要在这里取得像安徽地区一样的成绩，几乎是不可能的。

董明珠对当地的市场并不熟悉，初来乍到，她没有反驳。可是，不仅同事不友好，就连主管也不肯配合，他不仅没有帮助董明珠调查和搜集市场信息，还不肯出借最新型的样品。

为此，董明珠据理力争，告诉主管上面派她来是帮忙协调工作，又不是来抢工作的，在董明珠的强势要求下，主管最后同意董明珠带着新样品出去见客户。

对于身边的冷嘲热讽，董明珠并不在意，她知道一切都要靠实力说话。接触新市场后不久，董明珠发现经销商中有一位是很顽固的"硬钉子"，于是便将目光放在他身上。

如果说董明珠有什么地方与他人不同，那便是她性格中的韧性，无论多少次，她都坚持不懈地上门，生意谈不拢，她便软磨硬泡地上门求教生意经。

碍于董明珠一副虚心请教的低姿态，对方也不好恶语相向，时间久了，这位"石头"客户的态度终于缓和了一些，他甚至订购了一批格力空调。

一般的销售人员一旦成功拿下订单，便不会再继续纠缠，但董明珠本来就与众不同。所以，签下订单后的第二天，董明珠竟然再一次上门拜访。

这让对方大为惊讶，因为董明珠不唯利是图，她的热情和执着不单单是为了订单和业绩，所以这位客户被打动了，他从众多销售人员口中的"硬钉子"客户，成为董明珠在南京的长期合作伙伴。

　　董明珠成功带回了订单，打响了自己在南京市场上响亮的第一枪，也改变了自己在同事眼中的形象。相处的时间久了，同事们发现董明珠虽然能力很强却没有架子，待人总是一腔热情。一位对她很不友善的同事，家里突发变故急需用钱，董明珠毫不犹豫地借钱给对方……向来笃信用产品质量取胜的董明珠，这一次用自己的真诚与和善证明了自己，也成功融入江苏地区的销售团队。

　　可是，董明珠也有不那么和善的一面，遇到不够坦诚的合作方，她一样很霸气地要求对方讲诚信谈合作，"你对我真诚，我也会对你实惠"。不同的人，她有不同的相处方式，这样才能在面对不同性情、不同需求的客户时达到最满意的沟通效果，这正是她在销售行业中摸爬滚打后积累的经验。

　　也许，城市与城市之间的经济情况有差距，发展水平有差距，但人与人之间的沟通和交流却没有差别。认真负责、热情执着的董明珠，在安徽能打开市场，在南京也是一样，只要埋头付出努力，就一定会有收获。

　　南京市场确实与安徽市场不尽相同，但针对具体问题，董明珠具体分析，各个击破，终于在重重竞争中撕开一条缝隙，将格力推向市场。格力空调的质量有保障，与大品牌相比价格也相对实惠，更重要的是有一位热心负责的销售人员。

慢慢地，格力的销路变广了，随着销量的提升，越来越多的合作商找上门来，董明珠签下的订单变得越来越多。

1993年，在董明珠的努力下，江苏市场也打开了。相比于经济发展不充分的安徽，她在江苏省的销售额更高。除了业绩，董明珠还有属于自己的收获。

在一个充满竞争的环境里，一切都在加快步伐，随时可能出现新的机遇、新的挑战，也随时可能学到新的东西，开拓更广阔的视野。在南京，不仅销售行业竞争激烈，销售手段、方法与知识也很丰富，董明珠在实战中不断学习和充实着自己。

正是这样的精进和努力，让董明珠成为格力的销售传奇，慢慢地，格力内部开始流传这样一句话："哪里有董明珠，哪里就有业绩。"

从南京只身南下，在珠海投身商海，北上安徽，再回到南京，董明珠从未停止过自己的脚步，她不断刷新着自己的销售业绩。与其说她就是业绩，不如说是她的不懈拼搏为她创造了令人称奇的业绩，这也让人们发现，一个人身上的潜能竟然如此巨大。

1993年，董明珠用辛苦的付出换来高达3650万元的交易额，这个数额比1992年整个江苏地区交易额的10倍还要多。

人们以为，这应该是董明珠销售事业的顶峰，没想到，董明珠很快便再一次刷新了人们的认知——没有什么是顶峰和终结，她永远行进在路上。

1994 年，在整个江苏空调市场中，格力空调的销售量达到 1.6 亿元，排名第三。

投身江苏地区的同时，董明珠也没有丝毫怠慢安徽市场的客户。1993 年，格力空调在安徽市场的销售量达到 5000 万元，而安徽与江苏市场的销量中，董明珠一人的业绩就占据了整个格力空调销量的 1/6，1994 年，这个比例提升为 1/5。

她只有一个人，却闯出了千军万马的气势和辉煌。

这样的成绩，足以让董明珠在销售行业稳坐格力榜首，无论是个人经验还是在经销商中的口碑，都能让她在销售的道路上顺风顺水。

可是，董明珠的一生，注定要接受很多挑战，战胜许多困难，才不枉她骨子里的执拗与要强。

南京记忆

一个学生的优劣是以考试成绩来衡量的,一名销售人员的优劣,看的则是业绩。很多时候,人们只惊叹于董明珠创下的惊人业绩,却很少关注那些业绩背后难以想象的辛苦。

1993年,董明珠在南京创下销售额的十倍增长,但成功背后的残酷过程很容易被人忽略。在销售额疯长的1993年,正是空调企业的噩梦年,很多厂商从此在市场上没了踪影,但也有几家生产商迎难而上,其中就有格力。

从1993年的元旦开始,各大空调厂商便在报纸上争相刊登大版面广告,"1993广告争夺战"也拉开了序幕。除了报纸上的广告,还有招贴、广告牌、电视广告等等,只要是能想到的地方都会出现空调广告,促销活动接踵而至,空调从此进入低价时代。为了争夺消费者,厂商争相打折,抽奖送彩电、冰箱，甚至是现金、小汽车……

这场争夺战中，市场辽阔的南京成为最火爆的阵地。当时的苏宁只是一家拥有十几名员工的小公司，隶属于南京玄武区工业公司。那年春节过后，苏宁投入大量资金，铺天盖地的广告和促销活动，让苏宁转眼在南京空调市场抢占了70%的份额。

为了遏制苏宁，分布在南京各区的8家国营商场成立"南京家电拓展协调委员会"，组成南京国营商场的反抗联盟，并发出"致全国空调生产企业的一封信"，提出："商家单方面压价倾销产品将损害大多数同行的利益。为此，我们将采取统一压价和停销等手段，展开反击。"为此，反抗联盟还制定了3个"统一"原则，统一产品、统一定价、统一售后，只要消费者在其中任意一家购买空调，都能在联盟中的任何一家商场内申请售后。

一时间，剑拔弩张的气氛笼罩了整个南京市场，局面动荡，而此时的董明珠选择了静静观望。对于苏宁大力促销、用低价取代质量的方式，董明珠一向不赞成，但是对于反抗联盟讨好消费者的态度，她也认为并不可取。

商场如战场，同行之间的竞争根本无法避免，能不能胜出全凭自身能力，但是应当遵守共同的秩序，这才是让经营和销售能够长期稳定的根本。面对市场风云，董明珠依旧坚信，价格竞争这种手段只能是短期行为，只有产品和实力才能最终制胜。

董明珠不仅是一名销售人员，对于空调行业，她更是从生产到安装、售后都做到了心中有数。商家的任何促销活动，其实最后都将以价格的形式施加到消费者身上，价格让步，产品质量只会大打折扣，这样虽然能取得一时的辉煌，但终究只能是饮鸩止渴，失了口碑。毕竟，消费者才是最后买单的群体。

因此，在苏宁与国营商场联盟闹得不可开交时，董明珠坚决不让格力参与这场纷争。

由于市场过于动荡，董明珠的工作强度也随之加大，奔波中，她病倒了。朱江洪前往医院看望董明珠时，也提出跟随潮流适当降价，处理一些库存。但董明珠的态度非常坚决，她要等一切尘埃落定，她不相信这样不正当的价格竞争能够一直雄霸市场。

到了5月，苏宁与国营商场已经公开表明态度，价格战越打越猛，商家的利润被压到最低，一台空调除去成本和税款只能赚几十元，濒临赔本。

此时，董明珠也有些坐不住了，空调销售旺季即将来临，如果价格战还在继续，格力也将面临巨大的考验。

天无绝人之路，到了空调热卖的6月，这场如火如荼的价格战最终因为低价空调的脱销宣告结束。事实证明，董明珠之前的判断是对的，高价空调再次迎来转机，之前参加价格战的厂商也趁机调高了价格。到了7月，整个行业再次回归之前的水平，格力也成功地熬过销售的严冬，重回正轨。

在由江苏省统计局与江苏电视台联合主办的江苏"1993名优家用空调系列联赛"中，格力榜上有名。500家空调用户的打分反馈中，格力空调的得分在9分以上，接近满分10分，尤其是格力的售后服务，用户评价都很好，格力也由此彻底走入消费者的视线。

由于比赛活动的影响，格力的知名度大幅提升，《江苏经济报》还发表报道，赞赏格力不打价格战、凭借产品质量后来居上的诚信作风。

在董明珠的沉着坚持下，格力不仅成功渡过了价格战风波，还收获了极佳的口碑，经销商闻风而来，格力空调也转眼在南京市场上变得倍受欢迎。

专注的人总能成就更大的事业。董明珠每每投身于销售中，总是埋头苦干，不分日夜，她从不会想到走捷径去完成任务，更不会想要进行非法竞争。

可是，她不会这样做，不代表别人同样不会做。正当董明珠热火朝天地开发南京的格力市场时，突然接到江苏苏宁方面打来的电话。电话里，对方直接质问董明珠为什么不给货。董明珠不记得自己与苏宁签过销售合同，一头雾水的她下意识地反问，对方却火冒三丈，咄咄逼人，说是她让厂里的人卡了苏宁的货。

虽然事出突然，但董明珠从对方的语气中听出了真假，她感到事有蹊跷，便向对方详细追问了情况，对方声称是在格力电器驻南京第二办事处订的货，要求尽快发货。

那时董明珠正与五交化公司合作，经销商直接去五交化公司就能提货，因此，董明珠也让苏宁的负责人去五交化公司提货。可是，当董明珠将价格表传给对方时，对方却指责董明珠不守信用，坐地起价。

双方各执一词，完全没有办法沟通，只能暂时作罢。但放下电话，董明珠却疑惑丛生，因为南京根本没有第二个格力办事处，唯一的一个办事处还是董明珠亲自设立的，不可能出现问题。

思考了几种可能性之后，董明珠想到，也许是有些业务员习惯在自己负责的区域设立临时办公室，一来可以存放空调，二来也有属于自己的场所，方便与经销商洽谈业务。这样的办公室很可能被客户当作办事处。于是，董明珠一个个地问过去，结果负责当地市场的业务员个个摇头，都说自己不知道这件事。

回想起对方在电话里言辞凿凿地说有订货合同却没有收到货，董明珠感到事情没有想象的那么简单。事关格力声誉，她只能打电话回珠海总部查实情况，但奇怪的是，就连总部也不知道这个第二办事处。

调查了几天之后，董明珠才发现，这个第二办事处背后的负责人是一名来自苏南地区的业务员。这名业务员看到南京市场形势大好，便擅自在南京开设办事处，在没有向总部打报告的情况下，这名业务员在原有的供应价的基础上加了3个百分点出售产品，并且采取先交货后付款的方式，售后安装等费用也下降了30%。

在统一采用先付款后交货方式的南京市场上，这样的条件相当优厚，因此这位来自苏南地区的业务员比其他人更有优势，订单接连不断。可是，一个业务员手中的货物库存量并不多，无法满足经销商的需求，所以很快因为供应不足出现了断货现象。

苏宁方面的经销商自然不知道这个南京第二办事处是不存在的，也不知道第二办事处与董明珠毫无关系，因此直接找到董明珠要求尽快发货。当然，若不是这样，根本没人知道南京还存在着一家"山寨版"格力办事处。

得知真相的董明珠又气又好笑，好笑的是苏南地区市场潜力很大，这名业务员却不肯自己开发业务；气的是这个人不思进取，竟然跑到别人负责的地区抢业务，而且抢的还是自家同事的业务，这和抢自家兄弟饭碗有何不同？更可气的是调查过后发现，这名业务员的业绩相当一般，只有当年略有突破，而让他的业绩有所突破的订单，全部都是在南京市场卖出去的……董明珠感到，发生这样的事，绝不是一个人的人品问题，而是整个格力销售部门普遍存在的问题。

到了1993年年底，董明珠辞掉了这个不守规矩的业务员，并在江苏地区进行业务改革。为了避免业务员之间再出现内部相争的情况，董明珠精心筛选出一批合格的业务员，对他们进行培训，以期这些人日后能够在江苏地区的空调市场上独当一面，为格力开疆辟土。

那一年，南京地区的销售额从之前的300多万元猛增至5000万元，董明珠一个人便贡献了3650万元的业绩，人们都在感叹，从一个销售几近空白的市场，到一个销售业绩辉煌的市场，中间只隔着一个董明珠。

是她跟随朱江洪一起来考察市场，又是她暂时放下刚刚稳定的安徽市场，接过江苏地区的销售重任。在动荡的变化中，她不仅沉稳地做出正确的判断和选择，避开了价格战的漩涡，更看准机会适时出击，从困境中突围而出，真正让"格力空调，创造良机"这句话成为空调市场的热点，从此深入人心。

如果说在安徽的岁月是董明珠从销售新人到销售老手的历练过程，那么在南京的这段记忆，正是董明珠从销售过渡到管理的重要过程，通过销售体系，她开始逐渐了解了格力内部。对于销售中可能出现的各种问题，她早已了如指掌，处理起来也游刃有余。因此，她开始有更多精力关注格力在销售领域中存在的问题。

这位名副其实的"销售女皇"，在不断创下辉煌的个人销售业绩之后，即将暂时封存自己的王冠，顺应命运的安排和局势的需要，踏上通往管理职位的狭窄跳板，迎接更大的机遇与挑战。

一切危难都是纸老虎

发展越好的企业，越容易成为众矢之的。随着全员的不懈努力，格力公司产品的种类良性增加，质量也更加精良，公司业绩直线上升，前景大好。

格力的迅猛发展，让许多空调生产厂商都感到眼红。很快，一家厂商用高薪挖走了格力的几名职位重要、资历又老的员工，其中包括格力销售副总、财务人员和销售主力。宛如釜底抽薪一般，刚刚开始走上坡路的格力公司一下失去了支柱力量，面临着致命的打击。

朱江洪一时感到焦头烂额，很多人劝他找离职的几个人谈谈，可以开出高薪让他们回来，毕竟他们在一起工作了很久。朱江洪却没有这样做，为了利益背叛一次，就可能会有第二次、第三次，因此，他决定寻找合适的人选进行补位，重整旗鼓。

他第一个想到了董明珠，她有责任心，有胆识，有韧劲，最重要的是她一心只为格力好。朱江洪原本想任命董明珠担任经营部部长，主抓营销业绩。可是，董明珠从未担任过管理职务，虽然她的销售能力得到众人的认可，但直接升任经营部长却遭到格力内部其他管理人员的极力反对。没有办法，董明珠最后被任命为经营部副部长。

1994年10月，董明珠告别了自己奋斗了3年的销售岗位，回到珠海格力总部出任经营部副部长，她的加入彻底改变了格力的现状。

之前，朱江洪习惯主抓产品，将人事和销售上的事务交给副总负责，当董明珠加入问题重重的格力，她得到了很大的控制权和改革权，她与格力的共同成长与历练也从此拉开序幕。

人们总是更愿意相信自己亲眼所见的事，无论董明珠之前有过多么辉煌的经历，格力总部的人员依旧对她"不买账"，表面上处处不服气，工作中处处不合作。更何况，董明珠之前做销售时每年有几百万的提成，但经营部副部长的年薪不到十万，所有人都认为董明珠不可能留在这个岗位上。

可是，他们都没有见识过董明珠的要强和执着。

回到格力总部的那段时间，董明珠每天只睡5个小时，其余时间里，她不是在寻找和发现问题，就是在埋头解决问题，仿佛不知疲倦一般四处奔波，就连午休时在办公室的椅子上打盹，说出的梦话也是关于公司的事务。

慢慢地，有些人被她的无私打动，有些人却说她是狐假虎威，就连董明珠主持开会，询问营销情况，很多人也支支吾吾很不配合。对于这些，董明珠看在眼里，平日里脾气直率的她却没有向这些人发火，因为发泄与争执没有任何意义。

董明珠心里清楚，她与格力只能共进退，如果说当时的格力是亟待照料的孩子，那么她的当务之急就是提升业绩，让它茁壮成长。

她总是找公司的销售骨干谈话，锲而不舍地询问全国各地的销售情况以及销售时遇到的问题；她会和销售人员一起开会，讨论改进营销模式，再用一夜时间去反复思考，打电话找其他人讨论，到了第二天，她便将新的想法与营销人员分享，让他们去实践并逐步改进。

身为副部长，董明珠却总是身先士卒地在销售最前线奔走。在她看来，没有当过兵的人不能胜任将军，想要真正制定出能够提高销售额的营销模式，必须时刻把握市场脉搏。

她坚持不懈的认真与负责，最终打动了手下的销售人员，但更让这些人信服的，是董明珠的销售实力。

董明珠被调回珠海总部时，距离她离开安徽市场的时间并不太久，很多安徽的老客户纷纷打来电话，询问董明珠是否还在格力工作，为什么要离开安徽，他们甚至不断劝她回安徽去，声称格力的业务只与董明珠谈。

但董明珠身在总部，面临着一个接一个的问题，根本不可能回到安徽去。一时间，安徽的销售形势陷入僵局。为了安抚客户情绪，稳住安徽市场，朱江洪给了董明珠几天假期，让她前往安徽进行交接。

董明珠前脚刚离开珠海，总部便谣言四起，说她不是去处理销售问题，而是离开珠海不回来了，甚至有人传言说董明珠打算自己另起炉灶单独干。直到董明珠回到珠海，再一次投入高强度的工作之中，这些谣言才慢慢消散。

回到珠海后，董明珠很快召集营销人员开会。会议上，董明珠向众人分享了自己在安徽的成绩和营销方案，也将提高客户黏合度的经验和方法分享给大家。会上，她还毫不客气地提出一个问题——为什么她离开安徽地区后，客户还会主动打电话来找她？

事实胜于雄辩，所有的销售人员都服气了。因为参加会议的所有人，都要主动打电话给客户寻求合作，如果不是产品出现问题，客户是不可能给他们打电话的。直到这时，他们才对董明珠心服口服，并向她提出销售方面的各种问题，虚心请教。

按照董明珠的指导方法，销售人员很快提升了业绩，公司的销售流程也在失去骨干之后恢复了良性循环，甚至在有些地区，格力的销售额呈现不降反升的可喜现象。

树大招风，董明珠让格力扭转局面的消息不胫而走，她的销售能力又是有目共睹的。很快，曾经挖走格力员工的那家厂商故技重施，找到了董明珠，用美好的个人发展前景、相熟的同事等诱惑、说服董明珠，希望她跳槽。

董明珠却没有丝毫动摇，直接拒绝了对方的邀请。关于这件事，她无论是在公开场合还是私下里都没有主动提起，因为她既不想让别有用心的人误会，也不想以自己拒绝诱惑换取夸奖和感激。

不过，世上没有不透风的墙，这件事还是被朱江洪知道了。对于董明珠的坚定，朱江洪大为感动，他再一次确定，自己当初没有看错人，董明珠就是那种不求一己私利、工作兢兢业业的人，无论做销售人员还是担任经营部部长，她的本性都不会改变。

一家企业的领导人如果"既不管钱，也不管人"，财政方面一定会出现极大问题，而朱江洪就是这样的企业领导。他不仅是技术工作出身，更是对技术方面的提升怀有很深的执着。虽然说致力于提升生产技术和产品质量的宗旨和做法，正是格力得以长久立足于市场的资本，但债务问题也同样是足以影响公司运转的重大环节。

早在董明珠走马上任之前，格力的账本上就记录着高达5000多万元的债务，甚至有些债务只有往来记录，而没有具体的票据，这样的话很有可能被不讲道理的合作商赖账。

因为有过在安徽艰难追债的经历，看着数额巨大的债务，董明珠也感到头疼。但人在其位，则谋其政，就算解决起来难度再大，债务问题也仍然是董明珠工作上绕不开也绝不能绕开的重中之重。

对此，一直专心研究产品的朱江洪也没有什么好办法，为了寻找解决办法，公司召开了紧急会议。可是当众人得知开会是为了债务问题，大家反而表现得不屑一顾。事实上，格力一直存在着债务问题，销售人员在与客户商谈时常常为了达成合作选择先交货后付款的方式，慢慢地，大家养成了习惯，债务也越来越多。在很多人看来，这根本不是问题，而是必然存在并且非常合理的情况。

虽然在多数人看来债务问题不值得大惊小怪，但董明珠却意识到，如果这样一直下去，格力一定会被债务拖垮，她只能自己想办法解决这些遗留问题。

没有头绪，也不了解情况，董明珠只能先从数额巨大的账目入手。检查账目时，董明珠发现其中有一笔来自济南的100万元的大额欠款，竟然除了数目记载便再无欠条一类的其他证据，因为欠款拖的时间太久，会计根本记不得当时的负责人是谁，而销售人员因为工作调动，负责区域也时有不同，故而无法追查……

为了追回欠款，董明珠只能亲自询问。电话里，对方声称根本没有欠款，董明珠又再次核对账目，确定公司没有收到这笔货款，但对方依旧不承认。电话里沟通无果，董明珠只能亲自前往济南，却因为没有任何单据被拒之门外。

无功而返的董明珠异常沮丧，回到珠海后，她下定决心一定要改变公司目前的营销模式，特别是在财务方面。之后的事，留待调整，之前的债，还要继续追。虽然在董明珠的不懈努力下，又收回了一部分欠款，但还有一些却宛如石沉大海，再也追不回来，而这些真金白银的亏空，成为董明珠在财务工作中最大的遗憾。

为了避免债务问题，董明珠决定将自己之前在安徽实行的"先付款后交货"的方式彻底在公司推行下去。

一开始，她的决定遭到众人的反对，很多人认为这个制度不合理，这会让销售任务变得更难完成。双方僵持之下，员工们找到朱江洪反应情况，但朱江洪权衡过后，决定大力支持董明珠的想法。因为改革这类举动从来都会引发"阵痛"，但是若不经历这样的蜕变，一个企业不可能迎来新生。

有了朱江洪的支持，董明珠少了担忧，改革起来也变得更加硬气，员工们的抗议没有奏效，只能照做。没有想到的是，这样的销售和付款方式虽然在最初推广时遇到了一些困难,效果也并不好,但时间一长,到账的货款反而越来越多。

之前,销售人员一直认为只要签下订单便意味着交易成功,但经历过数次要账失败的董明珠心里明白,真正诚信的合作者不会因为付款先后顺序而放弃合作,那些能被先交货后付款的眼前利益打动的人,最后极有可能成为"老赖"。

董明珠的改革,从最初的被抵制,到后来的初显成效,她让员工们看到了意想不到的希望,也让他们明白改革的益处。

在安徽,董明珠被称为售后的"救火员",回到格力总部后,她成为各处的"救火员",一切危难到了她面前,都成为不堪一击的纸老虎。随着最难处理的债务问题迎刃而解,董明珠的管理方式也开始逐渐被众人认可,反对声和决策的推行阻力慢慢变小。

前进的道路上有曲折、有坎坷,甚至有弯路,但是,只要企业是向着好的方向发展,就总能得到大家的支持。只是,作为重中之重的财务问题不过是董明珠救的"第一场火",真正艰险而漫长的管理道路才刚刚开启。

规矩才是第一位

一个人如果不是为了自己的利益奋斗，就会生出无穷的力量。董明珠便是如此，只要是对格力好的举措，只要是能提升业绩和效益的事，她都毫不犹豫地选择去做，无论遇到多少问题和阻碍，她都能一心向前。正是这样的坚定，让董明珠赢得了人们的信任，也让她在格力内部的管理道路上所向披靡。

当时，格力还是一家国有企业，以权谋私、监守自盗、中饱私囊的行为潜藏在表面的光鲜之下，这样的问题，董明珠不可能直接询问，只能凭借自己敏锐的观察力暗中排查。

20世纪90年代的广告，以宣传册和宣传单为主，在市场价格0.2元每张的大环境下，格力公司印制一张宣传单的价格却高达0.88元。董明珠调查后发现，格力的高价宣传单从纸张使用到印刷情况都和其他公司完全一样，同样的东西价格却相差巨大，唯一的解释就是公司内部有人捣鬼。

为了将不良影响降到最低，董明珠没有声张，而是进行了一番暗中查问，最终揪出了那名同事。

这件事被戳穿后，董明珠虽然没有过分深究，但员工们还是知道，她的眼睛里不揉沙子。不过，知道是知道，做到是做到，这本身便是两回事，在利益的诱惑和驱使下，依旧有人在屡抓屡犯。格力公司当时花费450万在机场租下一块广告牌，却是设在背对人流的位置上。

但是这件事没有人反应，直到董明珠实地考察时才发现，追问下来，得知当时广告牌的业务全是由一名员工负责，经理等人根本没有亲自过问。董明珠找来那位员工询问，并没有得到什么满意的答案，更没有合适的解决办法。

无论是这名员工不负责任，还是背后有别的隐情，追查都已经没有意义。无奈之下，董明珠只能亲自找到机场负责人，说明难处，提出终止合同并支付赔偿金，这样的话至少能收回一部分资金。可是，无论她如何沟通商量，对方只是公事公办地回复说一切按照合同来。

事已至此，董明珠将事件的全部情况汇报给朱江洪，并提出了改革的决心。她要让所有员工知道，做错事就要受到惩罚，无论别人怎么说，只要她在格力一天，就决不允许这样的事情再发生。

那时的格力内忧外患，之前改革付款方式时就已经起了不小的风波，朱江洪担心改革的脚步太大会让员工大量流失，那样格力就真的回天乏术了。

可是，广告牌事件性质过于恶劣，如果不能严肃处理，以后会不会出现更加严重的问题？董明珠与朱江洪将所有方面的利弊风险都仔细分析，最后决定在格力内部进行彻底改革。

董明珠要来了财政大权，亲自过目账本，以防再发生吃回扣的现象。对于宣传单和广告牌的相关责任人，董明珠对他们进行了严惩，情节严重者甚至直接开除，并将处理结果通报全公司。

仿佛一颗石子投进了常年静谧的大湖，整个公司议论纷纷，有很多人担心自己被开除，一时间人心惶惶，但董明珠非常满意，她就是想要杀一儆百，从源头上遏制这些不良行为。

改革总会触及一部分人的利益。严苛的财务管理制度让很多员工私利受损，这些人甚至联名找到朱江洪，想将董明珠轰下副部长的位置，朱江洪却坚定地站在董明珠那一边，不仅如此，他还将董明珠升任为经营部部长。

经历过风雨人生，销售拼杀，董明珠身上早已褪去女性的矜持与怯懦，这次改革，从一开始她便大刀阔斧地大力追查账目。

　　起初改革让很多人感到不快，但随着账目逐渐明朗，营业部的业绩不断上升，销售额直线增长，工作出色的员工也能得到更高的报酬。

　　更重要的是，董明珠做事向来对事不对人，事情做得不好，她绝不留情，但只要事情解决了便翻过去，在她身上从没出现事后算账的情况。与之前的管理层相比，在管理方面，没有接受过专门学习和训练的董明珠在格力反而更得人心。而这一切，都是她用积极认真的工作态度换来的，更是她用自己的人格魅力争取来的。

　　当时的格力，存在着多方面的问题，董明珠担任经营部副部长时便开始对主要销售人员进行职业行为方面的规范。

　　调回总部后董明珠便发现，总部的销售人员是整个公司的"财神爷"，他们自由散漫，迟到早退，平时也不聊业务方面的问题，每天吃着瓜子看着电视，这与董明珠在安徽拼命跑业务时的情形完全不同。

　　在董明珠看来，只要是公司员工便是平等的，大家只有分工不同，没有高低之分，每个人都在为公司服务，如果销售人员这种作风不能得到及时遏制，久而久之必然会影响整个公司的风气。

　　因此，她将销售人员召集到一起，一改平日的笑脸，严肃甚至是严厉地批评他们不规范的行为。回到珠海后，董明珠很少像这样大发雷霆，她的一番训斥让销售人员无地自容，有的新人甚至被训斥得忍不住哭起来。

当然，并不是所有人都对董明珠心服口服，公司里就有几名员工常常聚在一起，在背后诽谤她，说她在总部一定待不久，甚至谣传她是对方公司派来的"卧底"……

这些话传着传着就到了董明珠耳朵里，她找来其中一人，问他是否说过这样的话，对方当然矢口否认，说是另一名员工说的，董明珠便当着这个人的面，将他说的同事叫来。

一个又一个，大家都将责任推到别人头上。最后，站在董明珠办公室里的几个人大眼瞪小眼，开始在董明珠面前灰头土脸地互相指认，不再维护所谓的朋友间的面子。

搬弄是非的行为一向为董明珠所不齿，她直白地给这几名销售人员讲道理。董明珠提到，曾经来格力高薪挖人的厂商，虽然挖走了人，但各项指标一直没有超越格力，而他们作为格力的员工，应当团结一心，而不是互相诽谤，将一个团体闹得四分五裂，这样既不利于自己的前途，也不利于公司发展，害人终将害己。

一番话说得几个人心服口服，就算他们再不愿意，也不得不承认，只有公司发展壮大，他们才能拥有更好的前途。

在董明珠的不懈努力下，公司内部的运营变得越发规范，业绩也越来越好。这些收益是属于公司的，但在那个市场经济蓬勃发展、很多人被利益冲昏头脑的年代，贪污腐败的现象越来越多，格力内部也出现了这样的情况。

2001年，董明珠成为格力的总经理，她是格力的第一位女经理。上任后她开始整顿干部团队，有人求情希望董明珠能对之前的事既往不咎，从眼下开始严查。不过，坚持原则的董明珠拒绝了这个要求。她上任后不久便撤了一批中高层干部，剩下的人虽然不敢再贪污，却对董明珠大为记恨，为了自己的财路通畅，他们甚至检举董明珠和朱江洪贪污腐败，想把他们"请"下台。

为此，董明珠和朱江洪被上级主管部门找去"汇报工作"，实际上就是配合相关调查。调查组从账目再到公司内的简单查询，确定没有什么问题才离开，但紧接着，调查组再次进入格力……

一次次电话，一次次调查，调查组不断出入公司，董明珠和朱江洪不停地接受调查。身正不怕影子歪，无论怎么调查，董明珠和朱江洪都没有任何问题，账目也没有任何纰漏，经过反复确认，调查组做出了董明珠与朱江洪没有任何贪腐问题的结论。

不久后，董明珠再次接到调查组电话，这一次却是通知他们要调查格力的另外一名高管。很快，因为贪腐证据充分，那人被撤职并进一步查办，最终锒铛入狱。

董明珠和朱江洪都没有想到，就是这个工作努力、能力又高的同事，一直像毒瘤一样潜伏在他们身边，不仅给公司造了极大损失，更葬送了自己的全部前程甚至是自由。

经过调查组屡次介入这件事，董明珠开始暗中调查格力内部的贪腐问题。通过对账她发现了问题所在，随后在格力内部彻底洗牌，又揪出几名存在贪污问题的员工，从此彻底洗净了贪腐之风。

无规矩不成方圆，一个企业如果没有明确的准则，如果员工不能认真执行这些准则，那么再大的企业也终究会在下坡路上一去不返。从销售底层一步步走向管理层，董明珠不苛求所有人都要喜欢她，但她要求他们必须为公司着想。

为了更好地管理员工，较真的董明珠总是以身作则，她对员工严厉，对自己更加严格。

1994年年底，董明珠奔忙在外出谈业务的路上，却不小心被车撞了，导致肋骨断裂，只能住院接受治疗。可是，肋骨断了也不会影响工作，董明珠直接将办公室搬到了医院。

就算躺在病床上，她也在坚持处理公司事务，直到被医生严令禁止，要她注意休息，这才不情愿地暂时放下手上的工作。

所有人都知道，格力不是董明珠一个人的，可是所有人都看到她在为格力拼命操劳，很多同事深受触动，他们对她的看法和评价变了，甚至还有人主动前往医院探病。

那时候的董明珠正在严抓内勤工作，很多员工认为那些严格的考勤制度只是要起到威慑作用，结果董明珠刚一出院，就毫不留情地将前一天迟到早退的人逐个惩罚。

从此，所有人都相信董明珠是一个说到做到的人，在她面前只有规矩，没有情面，但正因为如此，员工们对她更加信服，她在格力的管理工作也变得越发顺畅起来。

董明珠实行的原则看似简单，但在很多企业都很难贯彻到位。在格力，她以严格的规矩为准则，从员工作风到管理层的廉洁问题，牢记规矩是第一位。不是朱江洪说什么、董明珠说什么，而是按规矩办事、按规章处罚，有条理、有依据。

经历了一番内部改革，格力终于在朱江洪、董明珠和精进员工的努力下，成为健康有序的、崭新的新企业。

不过，此时的格力因为是国有企业，管理机制烦琐复杂，面对瞬息万变的市场和朝令夕改的政策，意欲昂首腾飞的格力处处受限，不断被规章程序掣肘，甚至影响了整个企业的发展。

朱江洪关心技术，所以这些事只能由董明珠去解决。可是，她走访了很多部门，依旧没有找到解决办法。

董明珠的字典里没有"不行"两个字，对她来说，没有什么是不能完成和解决的，机关部门没有办法，她便将注意力转向其他企业。当她听说有一家公司与格力情况相似而成功脱困后，董明珠便三番五次登门请教。这些事本是商业机密，董明珠第一次登门就开门见山地询问，对方经理自然毫不犹豫地拒绝了她。

做销售做得久了，董明珠早已对闭门羹的滋味不以为意。只要有一线希望，能让格力摆脱困境，她便有坚持不懈的理由。不记得是第几次登门拜访了，最终她缠得那名经理开口道出了秘密。

原来，这位经理通过朋友得知，政府有一项尚未推广的政策，只要将材料递交给另外一个部门争取单向管理，就能减少企业的上级管理部门，简化审批程序。这个政策虽然很好，但因为有些部门对此存在保留意见，因此一直没有得到推广。

得知这个内部消息，董明珠如获至宝，她向那名经理百般道谢，并承诺绝对保守秘密。回到格力，她马不停蹄地准备材料，上报政府部门，最终取得了期待已久的审批结果。

在那个由计划经济向着市场经济转型的大时代中，改变势在必行，改变的动作越是迅猛，企业的竞争力和提升空间就会越大，让格力不断突破束缚，在改革中稳步发展，一直是董明珠心中最强烈的愿望和目标。

第四章

要敢尝试,更要坚持

腾飞上市的格力

人们对一家企业的印象,通常是有高高在上的董事长,衣着笔挺光鲜的总经理,以及围绕在他们身边的工作人员。但是在格力,这样的场面是不存在的。

作为董事长的朱江洪主内,不怕脏、苦、累,亲自抓产品质量,很多时候,低调的他看上去更像一名技术员或是业务员;作为总经理的董明珠,主抓销售、人事和财务工作,她不止在总部忙碌,更是频繁出差,一手拿着行李,一手拿着电话,几乎走遍全国的大街小巷,直累地住进医院。她因为累而进医院的次数,甚至比很多人出差的次数还要多。

一个主内盯生产,一个主外跑业务,朱江洪为自己找到了最合适又最值得信赖的合作伙伴,董明珠更是在朱江洪的提携下不断超越自己。在格力,没有一人主抓大权的情况,也不需要多人分权，他们分别在各自熟悉的领域尽力做到极致，带领着格力完成了一次又一次的飞跃。

随着时间推移，格力用自身的改变，推动了国内电器行业的进步，格力本身也在不断刷新纪录，慢慢地从一个小企业发展到中型企业，再向着大型企业甚至是世界企业的前列迈进。

从默默无闻、名不见经传的草根企业，到家喻户晓、前景光明的明星企业，格力的成长离不开的董明珠的奋斗，也得益于她和朱江洪的并肩作战。

曾经，朱江洪被任命为厂长时便面临着员工存在意见甚至是处处作对的情况，所以，他明白从经营部副部长、部长再到总经理，董明珠一路上经历了什么。正是因为朱江洪尝过孤军作战的艰难，他更加支持董明珠的各项举措。无论是董明珠还是朱江洪，他们的目标都只有一个——提高销量，打响格力品牌。

奋进路上有人携手助力，总令人振奋，在相互鼓励与支持下，朱江洪打造了格力过硬的实力和品质，而董明珠将格力这个品牌推到了众人面前。

随着格力进入良性的稳定发展期，董明珠也在为企业上市做着准备。

申请上市的企业必须满足以下条件："股票经国务院证券

监督管理机构核准，已向社会公开发行；公司股本总额不得少于人民币3000万元；企业开业时间3年以上，并连续3年盈利。"如果不能满足这些条件，连资格审查都不可能通过。

上市是很多企业梦寐以求的飞跃发展，但这条路走起来却并不容易。而相比于其他企业，格力的上市之路显得顺利得多，这表面上看起来的顺利，离不开数年来全格力人的努力，更得益于朱江洪与董明珠在产品质量和营销上的诚信与坚持。

企业上市的准备工作，董明珠没有交给任何人，她亲自查看审查条件，整理相关材料，交给律师团再作审查，她也随时跟进这项工作。

为了上市，格力准备了很久，除了要满足上市条件，还要考虑上市之后将要面临的问题和挑战，提前准备对策，为日后的发展铺平道路。

通过层层审查，1996年11月，格力终于在深圳证券交易所成功上市。

上市之后，董明珠并没有借势大肆宣扬，只是做了基本的上市宣传。作为一名由业务员做起、负责销售渠道的总经理，她完全明白广告宣传对销售量的拉动作用，但董明珠依旧选择低调慎重，她没有让格力借着上市的"东风"风光出位，也没有采取任何博取眼球的举动。

虽然有些经销商埋怨董明珠没能把握时机，让格力品牌得到最大限度的宣传，但董明珠有自己的担心和考虑。

对于企业来说，上市成功的确是一个可以炒作的宣传机会，但越是关键时刻就越容易出现问题。曾经就有过前车之鉴，比如知名企业上市时过度宣传，质量却没有及时跟上，被质疑虚假宣传，甚至惹上官司，最终过度宣传变成了一种"捧杀"。

因此，在重大的变化和发展下，董明珠表现得异常保守，她宁愿将所有注意力都集中在上市初期的变动中。业绩固然重要，但不能用尽一切手段吸引大众的注意力，利用新闻造成的影响力也许只是镜花水月、昙花一现，而产品质量带来的口碑却能经久不衰、金瓯永固。

每家企业上市初期都要面对的股市波动，格力也没能幸免。为了吸引投资和保险起见，刚刚上市的公司都会将股价定得稍低一些，格力自然也采取了同样的方式，但是，低廉的股价对于企业本身来说是很大的损失，而在公开寻找合伙人时也同样面临着被恶意控股甚至丢失企业机密的巨大风险。

董明珠一改之前风风火火的性格，慢与稳，是她在上市过程中看重的根本原则。为了获取资金，同时降低风险，相比于银行贷款，董明珠更倾向于依靠大众的力量，分享获利，共担风险，既能与大众共同进退，更能加固消费者与格力之间的纽带，让格力成为大众心目中的"自己人"，从而赢得更广泛的关注和更强大的信心。

这样稳健的策略，让格力有惊无险地度过了上市最初的动荡时期，并在1996年市场经济的复苏中顺利前行，像一条吃水极深的巨轮，平稳地驶向更为宽阔的商海，迎接新时代的浪潮。

上市带来的名声和资金，对一家企业来说有着更新换代一般的推动力，成功上市后，格力也迎来极为快速的发展。

1998年，董明珠在重庆建立了格力的生产根据地——重庆格力新元电子有限公司。2001年，主要负责生产业务的格力重庆分公司正式成立，随着一期、二期工程分别在2002年4月和2004年4月竣工，格力彻底扩大了生产规模，空调年产量达到300万台。2002年5月，格力在马鞍山的生产基地也宣告建成。

除了在国内投建厂房，董明珠还将目光投向了海外，经过一番考察，她很快将生产基地的厂址选在了巴西。2001年6月，格力在巴西投资建设了空调生产基地。

在世纪交替的商业大潮中，投资者与经营者联袂上演了一场场大戏，有的戏演得叫座，财源滚滚，但更多的是惨淡收场，甚至资不抵债。

很多企业家经营不善，最后只能选择负债失踪，而投资者的损失却无人补偿。上市公司因为有专门的监管部门，不至于到最后"查无此人",但因为破产或是其他问题造成的股价大跌,也同样让投资者损失惨重。

面对像泡沫一样迅速膨胀又迅速涨破的经济形势,董明珠总是劝说投资者要理智、谨慎,一家企业股票形势的好坏只是一时的,企业的经营诚信与行业前景才会影响最终的投资收益。

为了格力的发展,也为了投资者的利益,董明珠始终在寻求双方共赢的办法。除了考虑格力与投资者的利益,董明珠还要考虑消费者。为了让利于经销商和消费者,为了在市场上站稳,她总在研究新的改革方案,不断完善内部运营机制与外部销售模式。她总是和人说,企业不能只看眼下的利润,而是要真正为消费者解决问题。

时间在不断逝去,董明珠早已不再是那个全力开发安徽市场的业务员,她成了一家品牌企业的总经理,但她对消费者需求的关注从未改变,客户对格力的信赖,也同样未变。这是格力的成功,更是对董明珠付出的心血与努力的认可。

随着时代和商业需求的不断进步,董明珠也在不断开阔视野、提升认识。在追求产品质量的同时,她还将注意力放在了创新和环保上。在企业内部的管理上,她一直都在寻找更人性化的方式,在董明珠看来,创新不是学几个新词请几个顾问,而是深入企业内部,通过观察和体验得出的改进方法，是立足于企业自身现状与特点的、不断学习和提高的过程。

因此，面对互联网兴起和信息"大爆炸"时代的来临，董明珠也非常慎重。有了网络，任何一点小事都可能迅速传开，从而引导舆论，对企业造成极大压力，直接导致股票波动。

董明珠一方面十分重视网络的便捷性，一方面又担心格力会卷入舆论的漩涡，所以当众多商家争先恐后地开启了线上销售模式时，格力依旧保持着线下销售模式。

与其他空调品牌进驻商场设立专柜的方式不同，格力拥有自己的专卖店，这也是我国唯一一家由厂商设立的电器专卖店，这样的销售模式被人们称作"格力模式"。

一直以来，空调市场都是由厂商提供产品，由经销商与消费者打交道，比如国美和苏宁便是这样的批发模式。但是，如果设立专卖店的话，就能让厂商通过各个终端直接服务于消费者，与他们建立更直接的联系，既不需依托，也不用受制于经销商。

之所以会产生这样的想法，是因为董明珠在改革过程中想要统一价格和规范员工的销售行为。她的想法遭到同行们的嘲讽，但在格力内部，不管是领导还是员工都只是担心专卖店是否能产生高回报，是否会拖业绩的后腿。

经过董明珠的努力，众人被说服，第一家格力专卖店在珠海设立了。慢慢地，消费者们从进店随便看看，到尝试着购买，最后，越来越多的人愿意前往专卖店选购空调，格力专卖店也仿佛雨后春笋一般在各个城市落地生根，成为一个巨大的厂商直销网络，让其他厂商纷纷惊叹。

　　随着专卖店的数量越来越多，在国内遍布的范围越来越广，董明珠敏锐地意识到新的问题。如果完全依靠格力自己去建立专卖店，那么无论是在数量上，还是在耗费的精力上，都注定很难有所突破，因此，当格力专卖店在全国范围内越发火爆时，董明珠提出"格力加盟专卖店"的构想。

　　那时的格力既有实力又有号召力，在媒体的协助宣传下，很多商家都递交了加盟申请。经过资格审查、统一培训之后，一家家统一规定并接受定期审核的加盟店成立了。所有厂商都认为很难规范的销售行为被董明珠的专卖店模式统一起来，自成体系的格力专卖店销售模式从此迈向正轨。

　　虽然距离董明珠希望的"全球最好的家电产品"专卖店还有很长的路要走，但从第一家专卖店开始，格力已经在全国各地建立了近万家空调专卖店。稳定可靠的产品质量，直观便捷的销售模式，以及优质的售后服务，让格力逐渐壮大成为一家上市企业，更是在其后日新月异的发展中有足够的力量，紧跟时代脚步，推陈出新，顺应经济之潮奔向更壮阔的辉煌。

企业家的责任心

　　一个人能否受人尊敬，不在财富多少，不在成就高低，在于作为一个人，一个社会人，是否有足够的责任心。只是大多有责任心的人都活得认真而顽强，他们不是创造了极为耀目的成就，就是创造了极为雄厚的财富。

　　董明珠便是如此，除了在研发和制造产品时以消费者的需求为根本出发点，她还有着身为企业家不可或缺的责任心。

　　如果说她在南京开拓市场期间，是因为同属格力，才肯将积蓄借给待她并不友好的同事，那么后来，当她无须再为生计操劳时，当她手握格力财权时，她对其他人的帮助更是雪中送炭。

　　2005年4月，当南华工商学院学生查出白血病急需救命钱时，董明珠让格力广州分公司送去10万元钱。五一期间，广州格力每卖出一台空调就捐出5元,过了五一假期,便又凑齐5万元捐款。同年,董明珠又为广州年仅一岁半的小朋友捐款,并以格力的名义出资5万元,为佛冈的32名贫困儿童交齐了3年的学费。

2006年6月,董明珠为身患白血病的高三学子捐出8万元治病;那年8月,在空调销售的最旺季节,敬业的董明珠却离开格力前往贵州,为黔南州都匀市平浪镇小学捐助30万元。

教育,从来都是国家和民族希望的开始,董明珠对教育事业的捐助也从未停止过。

短短两年间她便捐出近100万元善款,这些事她很少提起,甚至不愿接受这方面的采访,因为无论做了多少善举,董明珠最大的荣誉仍然是格力的发展。

关心自身企业发展,关心政策变动,关心社会问题,董明珠不仅是一名商人,更是一个中国人,是一名有责任感的中国企业家。参加两会时,她不仅针对企业发展提出建议,也对关注留守儿童等社会问题提出相应的议案。

不仅以产品与消费者建立紧密联系,董明珠和格力更是以亲民的姿态一路前行,一切都围绕着消费者,这不仅拉近了企业与顾客之间的距离,更让格力的口碑根植于人心。

到2006年,国内空调销售榜首的位置已经被格力雄霸了

12年之久。也是在这一年，格力位列"全国最受尊敬企业"排行榜上，被评为"中国最受消费者尊敬和喜爱的25家企业之一"，这份尊敬和喜爱所带来的荣誉，已经远远不再是源于对产品的认可，更肯定了董明珠和格力为社会的付出。

"士农工商"，其中"商"被排在了最末。在古代，商人地位低下，是最不受人尊敬的群体，正所谓"无商不奸"，唯利是图也成为人们对商人的普遍印象，但格力却在董明珠的带领下摆脱了这样的固有成见，以亲切、诚信的形象屹立于中国名牌企业的前排。

2007年1月20日，"2006 CCTV中国经济年度人物"揭晓，董明珠的名字不仅赫然在列，她还摘得年度人物桂冠，走上中国经济人物的舞台。

与董明珠同时获奖的大多数人是来自证券、金融、风险投资、IT、新能源等领域的精英，在传统行业中一路拼杀而来的董明珠能获此荣誉，正是外界对她一直以来坚持的工业精神的肯定。

那一年评选活动的主题是"责任、创新、影响力和推动力"四个方面，这仿佛也概括了董明珠的全部奋斗经历。

有人问董明珠，是什么让她能在格力工作那么久，甚至牺牲自己的业余生活，董明珠的回答很实在：是责任心。

因为责任心，她一直致力于将格力打造成世界级品牌，让格力成为国人的骄傲。在没有实现这个目标之前，她不会主动离开。

人们评价她时说:"一个有责任的人,要敢立潮头勇担重任;一个有责任的企业,要产业报国造福社会。"有人说:"没有董明珠就没有格力。"

董明珠却说,她只是在尽企业家的责任,格力的成就是格力全体员工一同努力的结果,绝非她一人的力量能达到。可是,人们都明白,她的确是格力的"员工",却是那个付出最多的员工。

这是第一次,董明珠从幕后走到了台前,颁奖词振奋人心,说她永不妥协、专注如一,说她用"中国制造"创造世界纪录,说她让全球喝彩"好产品,中国造"。

在此之前,她已经获得了很多奖项和头衔:"全国五一劳动奖章""全国杰出创业女性""全国三八红旗手""世界十大最具影响力的华裔女企业家"等等。

美国《财富》杂志评选她为"全球50名最具影响力的商界女强人",她是"2006最具领导力的50位CEO""正在影响中国管理的10位女性"之一、"中国十大女杰"广东省唯一的候选人……

无论是大众还是企业界同仁,只要听到董明珠的名字,就会想到格力,她早已成为格力的象征,也成为中国家电行业的重要符号。

面对公众时，董明珠始终从容不迫，却又透着果敢与镇定，那是属于一位女强人的自信，更是来自格力的品牌自信。

从业几十年，她一直坚持着自信、执着、坚强、奉献的精神，她从未将自己视作弱势群体，而是像许多男企业家一样创造令人惊奇的成绩，甚至超过了他们。格力公司的技术人才，甚至被全球最大的独立暖通空调和冷陈设备公司——美国开利、约克公司看好，想要挖走他们。

她早已不再惧怕面对风浪，因为几乎每一年，她都在风口浪尖上度过，对此，董明珠见怪不怪，甚至自嘲地说自己已经"有点麻木了"。但正是这样的"麻木"，让她的内心变得越发坚强，越发勇武，在带领格力披荆斩棘的道路上，越发奋进。

当人们称赞董明珠作为一名企业家的责任心时，关注的大多是她为社会做出的贡献，她对于格力的责任心，却被人们认为是理所应当的存在。但是，人们常常忘记，在商海沉浮中，董明珠之所以能保持住她的责任心，恰是因为从进入格力的那天开始，她便一直在身体力行地用自己的责任心做好一名格力员工，做好一名管理者乃至一名决策者。

公私分明的董明珠，在公司内部对下属很严厉，不准女员工戴耳环、戒指，必须将头发梳起来，不准散发。员工在公司不准吃东西，不准窃窃私语、说三道四，违者罚款，还会受到程度不同的批评和惩罚。

明明是大大咧咧很好相处的她，在事关公司规矩的问题上却斤斤计较，也正是她的严格与严厉，让员工彻底放弃了侥幸心理，踏踏实实地认真工作。

董明珠曾做过一个很形象的比喻，她认为企业对于社会来说就是身体中的个体细胞，健康的细胞能维持身体的各项机能，但如果是一个癌细胞，它就会蔓延，最终导致身体的坏死……她希望格力是社会中一个健康的个体细胞，但想要维持这份"健康"，她付出了很多，也承受了很多。

随着格力品牌逐渐变得家喻户晓，董明珠也被人们"惦记"了。格力向全国范围内进行扩张时，很多人都想到了自己认识董明珠。他们纷纷找上门，想利用人情和关系在董明珠这里"走后门"。这其中也包括董明珠的哥哥和姐姐。

就在董明珠带领格力开疆扩土时，她的哥哥姐姐专程从南京来找她。见面后开始只是闲聊家常，但很快，他们提出想要拿到格力区域代理的资格。

这让董明珠陷入两难，一边是自己的亲人，更何况她的儿子一直由哥哥姐姐帮忙照顾，但另一边却是无论如何不能含糊的工作。考虑再三，董明珠还是咬紧牙关拒绝了。

一奶同胞却不肯出手相助，董明珠与哥哥姐姐的这次相聚自然不欢而散。很快，董明珠的父母也打来电话替董明珠的哥哥说情。知道董明珠从小执拗倔强，父母只劝她遇事别太较真，想办法适当帮帮哥哥。

即使是父母来劝，董明珠在电话里也没有丝毫动摇，她只是反复劝父母说格力不是她一个人的，自己没有那么大的权力，如果每个人都想走后门，那公司就会垮掉。

站在为企业着想的角度来看，道理的确如此，但很多时候，家人有自己的道理。因为这件事，哥哥姐姐对董明珠大为不满，说她翅膀硬了就不管家里人，没有人情味，明明不是什么大不了的事，却搬出公司来挡，就连父母也不理解董明珠，总劝她说兄弟姐妹之间不要互相为难。

董明珠没有顾及与哥哥姐姐的亲情，拒绝了他们的要求在他们看来是为难他们，那么，董明珠的哥哥姐姐希望董明珠放下耿直与责任感，徇私情网开一面，就不是在为难身为管理者的董明珠吗？所谓的为难，不过是每个人站在各自不同的立场上做出的判断、体会的感受而已。

那段时间，董明珠的家庭气氛异常紧张，过了很久之后，这件事才以董明珠的坚持和父母与哥哥姐姐的妥协告终。在董明珠心底，她的确感到有些对不起亲友，但她坚持了自己的立场，维护了企业的规则，她不认为自己选错了。

这样的事在董明珠身上、在格力内部不断上演着，她都只有一个态度——不同意。

很多人认为董明珠太严苛，既然不算大事，为什么不能帮一下？就算那么做了，格力也一样能取得后来的成绩。

可是，真的是这样吗？作为企业负责人，如果董明珠为自己的哥哥打开便利的大门，那么她的下属会怎样？合作商们会怎样？一层层，一级级，后门门槛被踩塌，格力永无宁日。

相比之下，董明珠选择了坚守原则，甚至不惜在一定程度上牺牲亲情。规则之下无亲情，格力的发展依靠技术、依靠产品，但技术与产品的保证，正是得益于董明珠铁面无私的原则。

在规矩的严格约束下，格力比其他公司少了一些人情味，却创造了更多成功的机会。董明珠坚信，"只有坚持原则，不靠关系、不靠情感维系的企业，才能真正发展成为世界强者，才有资格和那些优秀企业一决高下！"

很多人带着嘲讽说董明珠没有朋友，是个孤单的人。就连出差，只要她能一个人完成，就绝不会带任何随行秘书或是助理，她总是独来独往，让人感到无法接近。

回忆起往事，董明珠也会有些伤感，她会感叹"事业上只有原则，没有亲情，没有朋友"。无论是在大众眼中，还是在身边亲人朋友的眼中，她都是不近人情的。可是她严守原则的行为，正源于她作为一名企业家的责任心，正是这份责任心，让格力能够在瞬息万变的市场上常年屹立不倒。

"没有售后"的保修期

只要有产品销售,就一定会有售后服务,而董明珠最初在安徽市场的成功,正是因为她对售后服务的全程跟进。

曾经的"海利"产品在质量上没有优势,董明珠却能够依靠自己的热情坚持不懈地推销和有事必到的诚信售后赢得经销商的接纳和认可,随着名声在全国市场上打响,格力品牌也成为质量的代名词,此时的董明珠,却再一次将目光放在了售后工作上。

对于所有厂商都极为重视的售后服务,董明珠却表示格力在这方面并没有投入太多人力精力。售后服务,伴随着销售者使用产品的整个过程,关系着企业与消费者的沟通是否良好,更关系着企业的口碑和品牌影响力。

但是,董明珠坚信——好的产品没有售后。

性格直率的她，讲话也一如既往地直白，如此自信，如此不留余地，这个说法瞬间引起外界的广泛讨论。对于董明珠来说，这个问题并不算是问题，想要在售后服务上更加省力，只要将精力和资金投入产品创新中，在产品质量上认真地下功夫。

通过管理模式、产品体系和生产技术上的创新，稳定地提高产品质量，减少售后服务，并将其他商家用于售后服务的资源和精力更多地倾注于产品本身，这本就是极为良性的生产发展模式。格力也正是凭借这样的方式创下口碑，并在技术创新上接二连三地获得国家科学技术大奖。

创新永远不是博人眼球或是哗众取宠，作为一家企业，真正的自主创新便是不断让技术和产品跟上时代步伐，及时甚至是超前满足消费者的要求，能够改变消费者的生活，改变他们的生活质量，为消费者营造更健康、更舒适的生活，这才是创新应该坚持的动力和方向。

本着这样的目标，格力一直在创造更优质产品的征途上不断前进，正是源于对产品质量孜孜不倦的追求，格力人比消费者更不希望因为产品质量问题引发售后，影响产品声誉。

曾在销售市场中拼杀多次的董明珠，比只专注于企业管理的高层们更懂得营销与消费者之间的关系。与其苦口婆心地去谈如何营销，不如埋头做好消费者想要的产品，让消费者愿意选择他们,这才是企业应当追求的营销关系。消费者使用优质商品的同时就是在享受优质的服务,没有售后服务,便是对消费者最好的服务。

为了达到这个目标,董明珠在格力内部不断强调这种理念。格力的售后服务量虽然每年都在下降,但"没有售后"依旧是一个很难实现的理想状态。即便如此,董明珠仍旧希望每个格力人都能以这个结果为目标,精益求精、至臻完美。

从2006年开始,董明珠作为企业代表参加两会时便提出了"自主创新"的主题,当时的国家主席胡锦涛在视察格力时对格力提出促进"中国制造"向"中国创造"的转变,为中国企业树立榜样,为中国企业的改革做贡献。

在董明珠定下"没有售后"目标的同时,她还提出了"让消费者8年不回头"的口号,因为,当时一台空调的平均使用寿命就是8年,她希望格力空调能够在平均寿命期间完美地服务于消费者,在保持创新技术的同时,保持企业的先进步伐。

不仅如此,董明珠还延长了格力空调的保修期。

大型家电的保修期大多是一年,但是,只要是出厂时检测合格的电器,几乎不会在一年内出现质量问题,一年保修期形同虚设。

敢想敢干的董明珠就是注意到这个细节,才延长了保修期，不是延长一年两年，而是直接将保修期延长至六年之久！

很多人担心这样做会加重格力的售后负担，但董明珠却对格力的产品质量信心满满。多年经验告诉她，产品的综合实力决定着它的竞争力，一切都要从这"产品力"出发，只有产品才是第一位的。

事实上，早在1995年，格力内部便开始整顿产品的质量问题，甚至还制定出12条禁令。为了保证质量，格力建立了零部件筛选分厂，专门为筛查空调的零件服务，只有合格的零件才能用于组装空调，而检验合格的零件，还要被朱江洪和董明珠负责的"质量宪兵队"以抽查的方式进行二次筛查。

格力在这些分厂还设有大铁锤，只要遇到不合格的产品，分厂厂长就会当着员工的面砸烂空调，并处罚相关负责人。除了处罚，格力也会对质量方面表现良好的部门进行奖励。慢慢地，产品的质量提升了，大铁锤也没了用武之地，但从最初保留下来的赏罚制度，却依旧在格力内部发挥着重要的作用。

2001年，身为总经理的朱江洪接替之前兼任的格力集团董事长，出任格力电器董事长，但按照证监会的规定，上市公司不能由同一人担任董事长和总经理，因此，朱江洪推荐董明珠接任总经理的职务。

2007年，董明珠出任格力电器股份有限公司总裁。很多销售人员认为，一心专注于技术的朱江洪离开了，他们也能在董明珠的手下迎来翻身的机会，不用再退居第二位，收入也应该高于科技人员，可是没想到，董明珠甚至比朱江洪更重视科技研发。

在很多厂商抢着赚钱时，董明珠却耗费资金送员工出国学习先进的技术和经验，最后，格力空调的技术甚至比日本、美国还要先进，打破了两国一直以来的技术垄断。

她总是形象地将没有质量保证的销售比喻为"巧妇难为无米之炊"，正是多年来对产品质量的不断锤炼，才让董明珠有了制定"六年免修"条款的魄力和底气。

最初，人们认为她只是为了炒作，但随着格力在售后服务上的诚信表现，保修计划很快成为众人热议的话题。但是这一次，没有企业紧跟格力风向，也打出六年免修的保证，董明珠再一次让格力成为行业的领导者，而不是模仿者。

只要有消费者打来电话，格力在全国范围内的几千家专业售后维修网点便会及时上门解决问题。这让格力收获了很多消费者的好评，但董明珠从来没有以此大肆宣传过。

她不愿利用消费者的信任宣传产品，也正因为如此，消费者对格力产品变得更加信任了。

格力空调的六年保修计划依然在继续，董明珠相信，随着这个计划的逐年完善，格力一定会向着没有售后、没有保修的理想状态无限靠近的。

近年来网络销售变得日益火爆，传统专卖店受到了极大冲击，格力自然也在其中。董明珠明白，时代在变化，销售的方式也要变化。她在格力内部设立网络运营部，并在全国设立线下体验店，开启线下体验网上选购的服务。相比于线上销售方式，专卖店模式的资金投入很大，但董明珠依旧不想放弃专卖店。在她看来，网络销售虽然方便，却未必能满足全部消费者的需求。家电一类的大件商品，线下体验和服务同样重要。很多消费者都是在收到货后发现与网络上呈现的效果图不同，因此常常引发换货、退货等情况，一些上了年纪或是并不熟悉网络的人，也同样需要传统的消费模式。

因此，格力的线下体验店承诺"零距离服务"，线上购物后有专人负责送货安装，专卖店却仍旧屹立不倒。

董明珠坚信，无论便捷与否，消费者才是最终拥有决定权的群体。如果网络销售极大节省了人力物力，那么就应当将节省下来的资源用于服务顾客，不能陷在一个"懒"字中，从而忘记了为消费者提供更加便捷优质的服务才是改革销售方式的初衷。

虽然对于一些新生事物保持谨慎的态度，但对于一些利国利民的事，董明珠却总是身先士卒。

2008年7月，国家环境保护总局升格为中华人民共和国环境保护部，成为国务院的组成部门，环境保护也成为各大企业、商家最新的发展趋势。

由于空调在一定程度上会破坏环境，2011年7月时，格力便集中人力物力研发出"R290环保冷媒空调"，其中使用的新型制冷剂R290不含氟元素，不会破坏臭氧层；2012年8月，格力再接再厉，研发"新型环保冷媒R32空调"，并在11月30日获得全球首张"R32环保冷媒空调"VDE认证证书。

新的制冷剂既节能，又能对环境起到保护作用，为了保证研发速度和产品品质，董明珠对于环保产品所需的资金一向非常支持。2012年，格力推出"全能王"系列空调，新研发的产品不仅更加节能，还具有净化空气的功能，在对抗雾霾中有毒颗粒的方面功能优异，因此得到业内人士和广大消费者的欢迎。

对政府号召的积极响应，让格力再一次走在了行业前列，成为绿色发展战线上的排头兵。绿色、节能、减排、低碳、环保很快成为格力空调在产品品质保证外最重要的指标。

2013年12月，格力光伏直驱变频离心机系统研发成功，这项被鉴定为"全球首创、国际领先"的技术，运用太阳能技术实现了中央空调的零能耗突破。

凭借坚定、连续、高强度的技术研发投入，格力一直推陈出新，技术的创新、品质的可靠，让格力始终处于良性的发展模式中，并以其自身鲜活的生命力和跨越式的发展，推动整个空调行业的转型、升级与发展。

为了在全国甚至全世界推广"零能耗的中央空调"，董明珠亲自上阵，从工作原理、技术关键介绍到节能效果，她不仅是一名商人，更是半个技术人员。

很多企业代表虽然不理解董明珠口中的专业技术用词，却都能听得懂大幅节能的特点，很多学校、商场、写字间等常年使用中央空调的客户都选择了这款"零能耗空调"。

技术不断更新换代，对产品的要求也日新月异，格力却仍然能在市场需求的变化中争得先机，而董明珠也随着格力的发展逐渐成长起来。

在成绩面前，董明珠从未忘记初衷，诚信、负责，不仅为了消费者，更要为人类共同生活的环境负责，为国家的节能环保尽一份力，对董明珠来说，这不仅是作为国民的义务，更是作为一名企业家的责任心。

只有不忘初衷的人才能坚定信念、永不迷茫，她已经在商海中修炼了近30年，却依旧没有放慢前进的脚步。为了更好地完成销售任务，她学习新的事物、新的技术和新的思想，孜孜不倦，废寝忘食，像田间牧牛一般默默耕耘，终于将格力推上行业的领先位置。

格力——你是世界500强

　　从一家国营电器厂起家，到创立珠海格力电器股份有限公司，最后发展成拥有多家分公司的集团，其中获利最多也最受瞩目的企业便是格力电器，也是朱江洪和董明珠多年来为之奋斗的"格力"。

　　虽然在成立之初，格力是一家国企，但随着社会和经济的发展，格力电器开始进行改制。

　　2005年开始，董明珠不断实施减持计划，让格力集团和格力地产在格力电器中持有的股份不断减少，让股权更加分散。改革过程中得到了珠海国资委的大力支持，而格力电器的经营模式也变得更加自由、更加适合商业运作，从2005年到2013年的8年间，格力电器的业绩从182亿元发展到1200亿元，销售额翻了近7倍。

几次改制，格力度过了最关键的时期，特别是在2012年5月25日，格力换届时的"小股东战胜大股东"成为格力改制的标志性事件，也是在这一天，董明珠被选为格力集团总裁，登上了格力的最高权力舞台。

改制之后，格力电器与集团不再捆绑在一起，虽然格力电器得到了解脱，但董明珠身上的胆子反而更重了。改制之前，国资委作为格力电器领导可以直接参与和负责各项重大事务，但改制之后，董明珠作为格力电器负责人，要时刻对格力员工和消费者负责，对股东们负责。

在其后的几年中，格力的发展跨度极大。2014年，格力在福布斯全球超强企业中排名第501位，与世界500强失之交臂。福布斯排行榜不仅考察企业一年的销售额，还要查看利润、总资产和币值，只有四项指标均衡发展且每项都处于世界级水平才能上榜。

2015年，董明珠终于实现了多年愿望，格力不仅成功跻身世界500强之列，排名也上升了116名，位列第385位，中国的制造业终于达到国际水平；更令人振奋的是，格力的总排名虽然相对靠后，却是500强中家电类企业的第一名。

2016年，格力电器向全体股东派发现金超过100亿元，打破了格力电器历年的现金分红纪录，分红金额远超海尔与美的两家的总和，因此也被人们称为"最有良心的上市公司"。

高速的进步，离不开科研的创新。格力在科研方面投入数十亿元，科研人员总数近万人，但董明珠认为这些还不够，她觉得科研技术的投资应该"上不封顶"。

从"中国家电企业第一"到"全球家电企业桂冠"，格力在进军世界市场的道路上摸爬滚打，整整奋斗了5年，在这5年中，董明珠将格力家电推向全球200多个国家和地区，无论是在成交额还是在口碑上，格力都收获颇丰。

格力第一个海外生产基地早在2001年便在巴西建成，主要负责巴西和其他南美洲市场，以产品的抗腐蚀性赢得了处在湿热气候下的南美市场。随着销售量的增加，格力又在巴基斯坦、美国等地建设基地，海外的格力分公司不负责生产，而是负责技术支持和销售等业务。

海外市场的建立，不仅提高了格力的销售额，更让格力赢得机会，成为许多国际赛事主办方配套工程中的合作伙伴，除了成为2008年中国北京奥运会合作伙，在2010年南非世界杯、2014年俄罗斯索契冬奥会、2016年里约奥运会上都有格力的身影，这既是一种荣耀，更证明着格力的实力。

里约奥运会的项目中，格力是中国唯一一个以100%自主品牌入驻奥运会的企业，同时也是唯一一个覆盖了比赛场馆、奥运村、媒体村、机场、酒店等所有场所的品牌，更是唯一一个入驻奥运会的空调品牌。

早在2006年3月，董明珠便在全国人民代表大会上提交了一份有关"工业精神"的议案。董明珠心中的"工业精神"，便是坚持不以利益优先的传统匠心精神，是不怕吃苦、勇于奉献的精神，是对消费者、社会、对公众有高度责任感的精神。

虽然这个词语是从欧美借鉴来的，但董明珠相信，无论哪个国家哪个行业，都应该保持这样的原则，中国市场的确要有中国特色，却不能丢掉以质量为根本的责任感。随着国内许多品牌逐渐消失或是被外企收购，董明珠很希望格力能成为一个不会消亡的"中国老字号"。

为此，她不断强调企业精神和企业文化，用质量与诚信赢得世界的认可。正是秉承这样的想法，格力将海外市场的重点转移到越南、印度等国家和地区，那些地方的经济并不发达，但住在那里的人同样需要空调。

在董明珠看来，一个想要长久发展的企业不能只关注富饶地区，追求功利是商人的目标，但也不该舍弃人性中朴实的一面。在贫困地区，格力空调的价格降到历史最低，却丝毫没有影响质量。

正是这样精益求精的"工业精神"，让董明珠和格力常常看似落后于同行，甚至落后于时代。

1996年的时候，格力就已经推出了国内声音最小、制冷最好的"冷静王"分体式空调，引领了新技术空调的时尚；之后又在1998年连推三款技术性空调。那时，董明珠便代表格力提出了另一项新技术——变频技术。

很快便有其他厂家推出变频空调，但因为技术没有达到稳定水平，很多变频空调在使用中都出现了极大问题，而在火热的竞争中，格力却没再提起变频空调。

1997年，格力终于推出变频空调，却只是送到各地办事处展示，并不出售。到了2000年，变频空调热度逐渐消退，格力研发和测试完成的变频空调终于上市。因为可靠的质量，很快便赢得了消费者的青睐。当有人问董明珠为何不在最佳时期推出新品，她的回答也一如既往地有责任感："不拿消费者当试验品。"

这句话所言不虚，格力的产品出厂前都是在试验室里进行完善的，将使用中可能出现的各种问题都排除后才会投入市场，绝不让一件未完成的作品问世，这是为了消费者，更是为了格力自身。

从加入格力，到为格力掌舵，董明珠从未变过，她一直坚守产品质量制胜的原则。

为了制造能在高温环境下工作的"沙漠空调"，她曾不顾成本，要求格力生产的"沙漠空调"能忍受52℃的高温，并在空调电机表面温度达到70℃时正常运行1000小时，而国家的标准只有600小时，国际上的"沙漠空调"也只要能在气温43℃时正常使用就可以。

功夫不负有心人，在高标准下出厂的空调，对外出口沙特阿拉伯，对内在中国最热的吐鲁番热销，更是在2006年重庆50年一遇的高温夏季为消费者提供了更优质的服务。

正如董明珠坚称的那样，格力空调的畅销并不归功于她的销售经验，也并不是因为她的个人名气，消费者认可的始终是质量，格力空调的销量不会因为她个人就长盛不衰，吸引消费者的一直是产品本身。

"我的目标很清晰，格力品牌不属于我个人，也不属于珠海市，我认为它是属于中国人的，我把它看成是中国人的品牌，并要把它打造成世界品牌。"

她一直希望格力飞得更高，无论是全国第一，还是跻身世界500强，她的梦想一直在前进，格力也在不断前行。

一家受欢迎的企业，不仅要让消费者满意，首先要让员工舒心，员工有了积极性，企业才能真正充满凝聚力。

很多企业家建议董明珠，说格力电器赚的钱可以用来投资房地产，利润极大。当时的"地产热"早已引起很多家电企业的投资，但董明珠却毫不犹豫地拒绝了，她说："我们坚守实体经济，坚守实体制造业的发展。"

格力不投资房地产，但房地产行业的升温，却让董明珠看到了更为重要的问题。中国人从古至今都有着置办田宅的习惯，房子为国人带来其他国家居民难以理解的家的安全感，也因此推动房价不断攀升。攒钱、买房、还贷，成为年轻人的生活常态。

格力的员工们也是如此，董明珠看到员工艰难攒钱，突然想到，既然员工买不起房子，那么可以由格力出资建一栋房子分给员工！

雷厉风行的董明珠说干就干，虽然管理层中也有很多人担心费用过高，但董明珠认为，优秀的企业应当为员工解决难题，因为员工是企业发展的基石，关系着一个企业的未来。

力排众议之后，建房当福利的项目便在董明珠的主持下开展起来。这样的想法，董明珠不是第一个提出的人，却是第一个完成的人。

不久之后，格力康乐园一期在珠海军竣工了，这些经济适用房不对外售卖，只提供给格力员工居住。

每名加入格力的员工都能分到一间20平方米的宿舍，结婚的员工有机会分到一套50平方米的两居室，员工只需缴纳每月不到200元的管理费，用于公寓的日常维护。2014年，格力康乐园二期开始建设，社区配套设施也在不断丰富。不仅珠海一地，董明珠在全国范围内开展了这样的工程，她的目标是实现"一线员工一人一室","让格力人走到哪里都像回家"。

为了保持业内的领先地位，格力重视科研人员，为了保证设计出的产品能顺利地制造出来，格力重视一线员工，因为正是工人制造出品质可靠的产品，奠定了格力的发展基础。

除了为员工建设住房，董明珠对员工的业余生活也很关心，全国各地的格力分公司都会为员工开展业余活动，出游、观影，用人性化的管理模式，提升他们作为格力员工的幸福感。

罗马不是一天建成的，任何令人称道的事业，背后都是无数日夜的奋斗。一路行来，董明珠陪伴、引领着格力渡过难关，也亲力亲为地解决着每一个难题。

从外部的债务问题到内部员工的作风问题，从空调产品的质量问题到贪污腐败的人品问题，再到谋求更大发展、进军世界的拓展，她做事踏实认真，有着耕牛一般的韧劲，但她却将目光放在创新上，向着更长远的未来瞻望。

正是这背后的一切，成就了董明珠在格力的位置，更成就了格力电器。也许一个小决策无法让一家企业飞速发展，但无数个细小却正确的决策累积在一起，便成就了跻身世界500强的格力。无论在哪个方面，格力都有着令人信服的实力,这其中无不渗透着董明珠的努力,心怀民族精神的董明珠,经过近30年的努力,终于让格力成为中国制造业的骄傲。

第五章

舞台很大，人生很长

变革时代的睿智

董明珠留给许多人的印象是一个"狠"字,她不仅对别人狠、对自己狠,对家人也狠。因为"狠",她为自己的人生开拓出一条崭新的道路,也因为"狠",她成就了一段商界传奇,也将自己活成一个传奇般的存在。

初到格力时,董明珠甚至不清楚空调是什么,凭着一股狠劲,她一路走成"销售女皇"。当她的提成过百万时,却选择放弃真金白银回格力总部出任管理职。正是这一次次地对自己狠,才有了后来的董明珠。

从 2000 万元到 1000 亿元的销售额,背后不仅有董明珠的决策,更有着所有员工的努力。在格力内部,董明珠也奉行着一个"狠"字。虽然对员工的管理极为严格,但董明珠给所有人留下发声的机会,为了听到一线员工的声音,她将投诉信箱挂在食堂、厕所等公共区域，以免员工投诉后会被打击报复。

董明珠绝不能容忍员工说谎，一次，她给一名员工打电话，对方谎称自己在陪客户吃早茶，但当时已经是8点多；董明珠便多问了几句，员工只好承认自己是在陪父母。虽然员工孝心可嘉，但董明珠还是没有容忍他说谎的行为，直接将其免职。

不近人情，却也有着她自己的道理，尽孝固然是好事，但好事就可以说谎吗？那是不是以后遇到任何情有可原的事，都可以说谎呢？

董明珠并非不通人情，只是在人情面前，她拒绝圆滑，更拒绝可能出现的任何差错。

人们说起董明珠，总喜欢用数字衡量她的成功，多少身家，格力有多少流水，但只有真正与她打过交道的人，才知道她的"狠"。有人说，她走过的路不长草，也有人说，她强悍霸道，六亲不认，对于这些，董明珠并不在乎，因为那就是她本来的模样，若不是这样，她便不是董明珠。

2013年12月12日，中国经济年度人物评选获奖名单揭晓，董明珠与小米科技创始人雷军一起登上领奖台，在场的还有阿里巴巴创始人马云和万达集团董事长王健林。

董明珠的关键词是"实体和实业"，雷军的关键词则是

"营销"，两人完全依靠不同的销售模式和生产模式，却都在中国市场上铸就了辉煌的成就。

雷军被人们称作是"电商传奇"的代表，零工厂、零渠道、零店面，让员工更专注产品研发和与顾客沟通，以此降低价格，抢占市场，取得了"虚拟与虚拟的创新"。

董明珠带领的格力却是实打实的路线，格力有自己的生产工厂、销售渠道、实体店，"实体加实体"的销售模式完全是雷军的"另一面"。作为家电行业的领头羊，在备受电商冲击的新时代，格力的销售业绩依旧逐年走高，令人称奇。

两人在颁奖现场的讨论也激烈异常，在董明珠看来，电商模式作为一种新型的商业模式固然有很多优势，但应当与实体店同步发展，因为实体店才是经营的根本。

当时，格力已经有23年的历史，厚重的数据足以碾压只有两三年经验和销售数据的小米。向来务实的董明珠提出，小米的营销十分出色，但背后为小米服务的工厂也功不可没，如果没有工厂的支持，如果全世界的代加工厂都关掉了，小米将寸步难行。

他们两人，一个强调现在已经是专业化分工生产，工厂制造，做产品的人专心研发，减少中间环节，降低成本以价格竞争，一个强调依靠技术和品质取胜，而不靠价格营销……

领奖舞台上，雷军打赌说："请全国人民作证，五年之内，如果我们的营业额击败格力的话，董明珠董总输我一块钱就行了。"

董明珠却笑了，她的回应自信而坚定。第一，这个情况是不可能发生的；第二，她赌十亿，因为她的背后有着格力积累了23年的基础，既有科技创新的研发能力，也保留了传统的生产模式，如果与成熟的电商，如马云这样的人合作，"世界就属于格力"，但小米却一直在线上发展，最多最好也只能占据一半份额。

就这样，董明珠再度站到了风口浪尖，"十亿赌约"成为众所周知的话题，这也是继2012年马云与王健林"一亿赌约"之后更大的赌约。

两种生产与消费模式上的激烈碰撞，传统营销手段与现代营销手段之间的较量，都凝聚在这数额惊天的赌约上。

对此，董明珠却看得很清楚，雷军的确信心满满，但这也恰是小米可能遭遇的危机所在，因为所有的生产都由代工厂完成，风险都被转嫁出去，小米只负责销售，却没有建立起共赢概念，这个问题，被在销售市场上身经百战的董明珠一眼看透，一语道破。

后来，小米开始涉及房地产，不再是单纯的电商营销策略，"十亿赌约"也变得不再有意义。可是，人们至今还不断旧事重提，感叹着董明珠一身的霸气，以及在新时代浪潮中卓越非凡的眼光和判断。

第五章　舞台很大，人生很长

说起实用性，也许没有哪个企业家比董明珠更注重实用性。空调行业本身就是一个注重产品质量、追求实用性的产业，而董明珠更是将这种朴素发挥到了极致。

一件产品的包装，不仅局限于产品本身，从广告到宣传，同样也是一种包装。

从2010年开始，成龙成为格力代言人，这是格力首次聘请影星为产品代言。一句"好空调，格力造"也响彻大街小巷。请成龙代言的费用每年大约1400万元，但随着国家经济的飞速崛起，格力收获颇丰，从2010年开始销售额一直上涨，很快突破千亿大关。

不过，从2014年开始，格力没有再续约代言人，董明珠的解释是"节约成本"。不过，所有人都明白，如果花上千万请的代言人能增长几十亿的销售额，就不应该省下这笔钱。

对于广告代言，董明珠的看法与很多人不同。在商海遨游几十年，董明珠注意到，无论产品的广告多么新颖，也不如消费者的口碑，而代言人的作用只是将企业的形象展示给消费者们。正因为看清了广告的作用有限，在那个代言盛行的潮流下，董明珠再一次敢为人先地选择了不聘用代言人。

事实上，明星代言一直是一把双刃剑，如果明星的公众形象良好，自然能为企业增加很多收益，但如果在代言期间有负面新闻产生,企业业绩也会被影响。正是怀着这样一种担忧,董明珠自己站了出来。

没有人比她更了解格力产品,也没有人比她更契合格力的企业精神,人们提到格力就想到董明珠,她便是格力行走的广告。

2014年3月,董明珠接替成龙,成为格力新的代言人,她还携手万达集团董事长王健林一同为格力的新广告片出镜。

这一次合作,董明珠没有给王健林一分钱代言费。对此,董明珠显得理直气壮,因为王健林的很多公司都在使用格力空调,而这次推出的太阳能储能式空调更能节省数额庞大的电费。他们更是达成合作共识,此后万达所有电器设备都由格力提供,因此,格力产品为王健林省下的钱足够支付代言费。

两个知名企业家的强强联手,远比明星代言更吸引人,这让格力在国内的经济低潮期业绩仍然保持着不断地上升。

随着时代变化,消费者们除了要求更好的质量和服务,还需要更多的参与感。考虑到这一点,2016年的5月,董明珠在安徽小范围地开展了"我为格力点赞"线上投票活动。

活动时间是一个月,内容是格力代言人有奖评选,在投票活动中获奖的选手可以免费获得一台价值3000元的空调。

投票活动的热度超出了董明珠的预期,活动中还顺利选出10名格力品质代言人。

他们都是普通的消费者，没有明星那样光鲜的外表，但却是来自消费者群体最有力的声音。从此，董明珠开创了"全民代言"的新时代，也用事实证明了她一直以来坚信的观点——消费者是最好的代言人。

明星有着令人瞩目的万丈光芒，但身边的消费者们，那些生活在世界各地的格力的忠实用户，就像点滴星光一般，虽微小，却有着持久的光芒，足以汇聚成浩瀚的星空。

在变革的时代，董明珠以自己独到的眼光，不断发出振聋发聩的声音，提出令人争相议论的观点，嘴里说着最质朴的想法和道理，却总有着惊人的举动。

但她依旧还是那个董明珠，敬业、负责、不辞辛苦，一心只有格力的董明珠。

2014年夏，董明珠向媒体透露，要让格力进军台湾地区空调市场。

这个决定一经公布，便又引起了广泛的关注。有不少厂商想要打开台湾地区市场，但最终都没能取得很好的效果。董明珠知道此举并不容易，但格力有着超过1200亿元的销售额，占据全球空调销售量三分之一，实力绝不容小觑。

董明珠从不会打无准备之仗，提出这个想法之前，她曾多次前往台湾地区考察市场。她知道台湾地区当地习惯使用日系空调，而且当地消费者对内地制造业的产品质量并不信任，甚至有台湾地区经销商提出质疑，认为国内根本不会有好空调。

对于这种没有缘由的不信任，董明珠感到很不愉快，要强的她第一个想到的便是用事实说话，让台湾地区经销商和消费者们看看国内的制造业到底可靠不可靠。

当格力空调被送入台湾地区，通过一系列的检测和比较，很快得到了台湾地区经销商的认可和称赞，也算是格力空调敲开了台湾市场的大门。

在台湾地区，董明珠也同样秉承着一直以来的原则，不打价格战，保证产品质量和服务，通过这些赢取台湾地区消费者的信任，改变他们的思维习惯。

事实上，董明珠认为日系空调不足为惧，在行业内，格力空调早已凭借过硬的技术将很多日系空调甩在身后，许多日本厂商都不愿与格力竞争，有一些人甚至到了谈格力色变的程度。

是董明珠让台湾地区市场认识了内地制造业的实力，也是在台湾地区，为格力奔波几十年的她第一次泡到了温泉。

内地不是没有温泉，董明珠常年出差，总有经销商和合作伙伴招待，但她一向不愿将时间浪费在吃饭、喝酒上，更别说是进行泡温泉这样闲适却极为耗时的活动。一路拼搏而来，她学到的很多，见过的世面很多，唯独享受的很少。

那一次，董明珠前往台湾地区进行空调销售方面的商谈，5天行程，全部由她自己安排。

董明珠依旧像自己多年来习惯的那样，没有给自己留下休息和游览的时间。可是有一天，大家提前完成了工作，合作伙伴便建议她去泡温泉。

那是董明珠第一次体会到温泉的舒适和放松，可是，她没有时间放松，就像陪同的经销商感叹的那样，作为一个从事传统产业的企业，格力已经有6000亿元资产，但还要每年再增长1000亿元……董明珠没有时间休息，在日复一日的打拼中，依靠着杜绝任何投机行为的诚信，她不仅能打开台湾市场，更能用自己的睿智与坚持，在变革的时代中为格力带来新的发展、新的可能和新的希望。

一直在前进

很多人在坚持一件事时，会一成不变地坚持到最后，但也有些人在抱定一个目标之后，会在前进的过程中不断修改方式和手段。

时代在前进，身边的一切都在变化，以不变应万变的做法，只会让自己与时代脱节，在固守中落后，只有随着现实状况的变化不断进行调整，才能真正坚持自己的初衷。

董明珠在格力上市之初就提出，自己更信赖广大股民的支持，所以她不会向银行贷款融资。但随着空调市场走低和海外业务的不断拓展，当格力需要更多资金时，董明珠并没有固执己见地坚持自己之前的态度，于是格力向银行申请了贷款。虽然与格力的资产相比，贷款数额几乎是九牛一毛，却让格力的资金周转变得更加灵活。

如果说有什么事是董明珠是必须坚守的，那便是格力的发展，无论是贷款还是价格战，只要能推动格力不断向前，她便会毫不犹豫地施行。

2015年春节过后，各大空调品牌积压的库存量惊人，格力的库存比例也相当大。积压库存就意味着极大的销售压力，董明珠不能不为此忧心忡忡。

人们纷纷传言，空调产业已经成为夕阳产业，随着市场的不断饱和，已经无法再掀起什么风浪，但就在这时，格力与国美联手出击，计划在3月27日到29日的3天时间里卖出50万台空调。

这一次，格力采取了价格战的方式，扬言要让空调的价格回到6年前，这一句话在业内和消费者中激起千层浪。

6年前，适用于单室的1～1.5匹机价格在1000到1600元之间，随着成本的不断上涨，如今空调价格已经上升到3000元左右，让价格回到6年前，无异于大放血。

除了国美门店，格力的专卖店也开始同步促销，但董明珠奉行的原则一向是"商品打折，质量不打折"，再加上"有问题免费退换""送装同步"等服务，格力的这次促销得到广大消费者和媒体的关注和期待。

促销期尚未到来，苏宁便与美的、海尔等11个空调品牌联手进行打折促销活动，和格力、国美的促销联盟进行对抗，他们将促销时间定在 3 月 26 日到 28 日。

两大阵营的对抗中，双方的销售业绩都不错，但格力还是成为这次促销季中空调销量最多的厂商。转眼 4 月来临，空调也逐渐进入销售旺季，格力与国美的联手促销告一段落，但双方的合作还在继续。

不久之后，为了稳定和巩固现有市场，维护良性竞争，国家发布公告，公告中指出："为了维护市场秩序，要杜绝价格战。"

很多人好奇，之前一直反对价格战、一直声称格力空调不会降价的董明珠，为何此番要以超低的价格出售空调，对这个问题，董明珠并没有回避，她解释说空调的暴利时代已经结束，到了应该让利于民的时代，至于吸引消费者，必须依靠产品质量、线上线下丰富的销售模式以及更好的宣传来完成。

除了在空调的研发和生产上精益求精，董明珠还将目光投向了其他产业。2015 年 3 月 18 日，一张图片在网上流传开来，那是一张手机背面的图片，上面清晰地印着"GREE"字样，一时间，人们纷纷猜测格力即将推出手机产品。

董明珠再一次成为媒体关注的焦点，面对采访，她表示格力不仅考虑进军手机行业，还要制造能使用 3 年或 3 年以上的高质量手机。

由于手机的更新换代速度极快，大多数手机厂商都选择制造和生产使用寿命在一年左右的手机，董明珠却提出要将手机寿命延长至3年，其中需要投入的人力和资金可想而知，但董明珠从来不只是说说而已。

从智能家居的概念被提出，董明珠便一直想开发出整套的智能家居电器，而手机则是连接格力电器的一个智能接口。

5月，格力手机上市，但没有预期的反响强烈。格力对手机产品的质量要求相当严格，为了生产手机，格力建立了属于自己的手机生产线，不依靠代工厂。但即便如此，在选择配件合作商时，董明珠还是要求质量第一，甚至使用同行们称之为"暴力验收"的方式。

从发出消息到尝试上市，再到内部购买，格力又用了一年时间不断提升技术指标，研发推出了第二代格力手机，定价3000元，在更新换代极为迅速的手机市场，这个价格的手机只有华为、vivo和OPPO能站稳脚跟。

高售价的设定，透露出董明珠的信心。为了推广格力手机，一向偏爱在幕后工作的董明珠不断出现在屏幕上。这一年，董明珠年逾六十，却丝毫看不出疲态，依旧精力充沛地为格力代言着，就像在向世界介绍她最引以为傲的孩子。

2016年3月8日，向来对聚会不感兴趣的董明珠主动提出请大家吃饭。等众人坐到小桌前才发现，董明珠真的是请他们吃"饭",没有菜品,只有四碗米饭,而其中的一碗是由格力新推出的一款电饭煲煮成的。

长期以来,人们普遍倾向于选择日本电饭煲,对此,董明珠很不服气,她认为,中国作为水稻大国,完全有条件生产出更好的电饭煲,于是便有了格力大松牌电饭煲。

分别尝过四碗米饭的人最后进行了投票,大家一致好评的那一碗,正是大松电饭煲煮出来的。3年时间里,从研发到测试,格力制造的电饭煲煮出的饭口感与营养绝佳。董明珠希望能以此为契机,让国产彻底摆脱"低廉无用"的标签,"重建国人对中国造的信心"。

为了达到绝佳的效果,这款电饭煲生产前曾进行了长期试验,甚至有一批人专门负责煮饭,每天尝试不同的方法,不仅要求加热快,也要保证米饭的口感,实验用到的大米多达20多种,以保证尽可能地让每一种米都能煮出最好的口感。

同一时期,董明珠的老对手雷军也推出小米的电饭煲。慢慢地,国内消费者的注意力从日本电饭煲转回国内,逐渐认可了质量同样有保障的"国货"。

早已过了退休年龄的董明珠,只有一个追求,那便是"提升中国造的水平",她不愿看到国内的消费者蜂拥前往国外买电器,她希望格力能用"品质卓越的产品打动消费者,让国人爱上'中国造',才能让世界爱上'中国造'"。

除了手机和电饭煲，董明珠又在同一年发布了要进军汽车行业的消息。

进军汽车行业的消息最早是在 3 月 7 日传出的。那天，格力电器公司发布公告，将按计划收购珠海银隆新能源有限公司，而这家公司的主营方向是锂电池、新能源汽车动力以及整车研发。

外界议论纷纷，格力再不是一个只有空调的单一企业，而是成为一个行业跨度极大的集团式企业，在不断寻求突破的道路上，董明珠不仅将目光放在科技创新上，更向多个行业拓展。

可是，大多数企业在拓展业务时为了保守起见，都会选择相近或相通的行业，格力却从手机领域直接跨越到汽车行业，不能不令人震惊。在这之前，只有创维数码 CEO 黄宏生第一个进行了跨行业生产汽车的壮举。

对于不熟悉的领域，董明珠一向很慎重，直到 2016 年 1 月，她在参加珠海市人民代表大会时结识了同为金湾区代表的珠海银隆董事长魏银仓。

几次接触后，董明珠与魏银仓明确了合作意向。这个消息在业内传出后，董明珠就成了媒体围堵的对象，无论她都走哪里，记者们都会追问此事。

这样大的举措，对于格力来说既是新的突破，但也存在着一些问题。很多人认为，如果格力定位不明确，不仅无法获得积极成效，还可能将消费者的注意力从格力家电产业上转移，从而顾此失彼，得不偿失。

对于这些担忧，董明珠却显得很有信心，她表示格力不会放弃传统行业，"只是分成了几个不同模块，是为了技术上的更多延伸"，因此涉足新的行业。

事实上，这不是格力第一次这样做，早期的格力只专注于空调产业，可是一个产业的热度总是有限，过硬的品质让格力空调的使用时间很长，销量冲击到一定的高度之后，市场需要很长的周期才能在消费者的更新换代中重新活跃起来。

为了在空调市场的空档期让企业和品牌保持活力和影响力，格力一直在不断开展其他家电业务，不断拓展，也不断壮大着格力的多元化产业。

2016年的春天，格力成功收购珠海银隆，格力也吹响了向汽车行业进军的号角。

汽车行业向来是技术主导的行业，但同时，燃油汽车对环境的污染和对资源的浪费，一直被人们诟病，因此新能源汽车应运而生。

董明珠在珠海银隆中选出一批工程师，将他们送到国外学习先进的新能源技术。但很多人并不看好格力的举动，之前备受瞩目的格力手机最后变为内部销量，这一次，很多人认为董明珠是在"不务正业",对此,董明珠提出了多元化的经营目标,要让中国品牌走向世界。

可惜的是,就在董明珠蓄势待发准备在汽车行业大干一场时,调整后的交易方案却没能通过珠海银隆董事会的审议。2016年11月16日晚,格力发出公告,称珠海银隆因表决结果终止交易。

"汽车梦"还没能从蓝图走向现实,便因为合作事宜上产生的意见分歧被迫停止,收购计划也正式终止,但两家企业的合作却一直没有中断。

观众关心的总是结果,只有身在其中的人才懂得过程的重要性。当人们纷纷猜测格力是否依旧要在汽车方面继续拓展时,董明珠却从未停止过计划。

虽然格力对珠海银隆的收购连生波折,董明珠也因此备受争议,但无论是董明珠还是格力,都一直在努力向着世界领先的行列前进。

2016年,董明珠63岁,她不仅依然奋斗在格力的第一线,还大胆地与雷军打赌十亿,扬言造汽车……这个本该早早退休的女人,丝毫没有停下脚步的意思。她知道自己已经不再年轻,但她仍然有一颗不服输的心。

她更明白,在这个快速发展的时代,一切都在突飞猛进,只有一直前进,才不会被落下,只有一直前进,才有可能触碰到时代的脉搏,以恰到好处的步伐迈向明天。

空白的时光

每个人在事业与家庭之间、工作与生活之间，都要面临各种选择、取舍，没有人能割舍掉亲情，但心怀责任的人，永远能将个人感情放在第二位。那不仅仅是一种对亲人的狠，更是对自己的一种狠。

说到格力，董明珠总是很硬气；提到儿子，她总是满脸笑意，但笑过之后，眼底却总留下愧疚的神情。

她有很多身份，有许多耀眼的经历，她成功的事迹被很多人学习，但脱去这些光鲜的外衣，生活之中，董明珠只是一个寻常的母亲。

她离家南下时，东东还是个小学二年级的孩子，父亲早逝，让他格外懂事。跟着姥姥、姥爷一起生活时，东东总问妈妈去哪儿了，姥姥只能回答妈妈出去赚钱了，赚钱给东东读书。

因此东东一直发奋读书,他希望自己考得好,这样妈妈就能回来看他。他总是考得很好,但董明珠依旧没有时间陪伴他,没有时间见证他每天的成长。后来,东东懂了,他不再问妈妈去了哪里、什么时候回来,他只会在妈妈打电话时或是回来看他时尽量缠着她,因为他不知道妈妈下一次有空会是在什么时候。

董明珠极为重视的格力,在她的努力下蓬勃发展着;董明珠视为心肝的儿子,却在远离母爱的环境中慢慢长大,变得越发懂事。

她对客户总是有求必应,却也因此无法对自己的孩子有求必应。东东从11岁开始就到寄宿学校读书,学着自己打理一切。12岁那年,他第一次坐飞机,上飞机前他问妈妈,当天可不可以去接他。看到董明珠脸上的为难,东东很懂事地说没关系,接着便问能不能让她的同事去接。

董明珠拜托一名营业员去机场接东东,她回忆说:"孩子下飞机时,我们的营业员接他。营业员在电话里告诉我,孩子简直就是从机场冲出来的……我一下就明白了孩子当时内心的紧张和不安,我心里难受得不得了。"

当董明珠在不断适应新的工作、新的销售区域,不断奋力前行时,她那小小的爱子也在早早地锻炼中快速地适应着社会,他学会了一个人坐车、乘飞机,一个人吃饭、学习……他从未抱怨过妈妈不在身边,无论遇到什么难题,他都会想办法自己解决,因为,就算他需要妈妈,妈妈也没有时间和精力顾及他。

　　人生总难两全,董明珠为格力的成功感到欣喜,她将遗憾留在背后,没能陪伴儿子长大,成为她对儿子最大的亏欠。

　　她记得一次一起吃饭时,东东提起总能在报纸上看到妈妈被表扬,他有些落寞地微笑着说,也应该表扬他,因为他从没让妈妈操过心。

　　她记得东东小时候,每次她回去看他,一到晚上他都要抱着她的脖子,生怕松手了妈妈跑了。

　　她记得东东稍大以后,开始懂得体谅她的辛苦,每次都乖乖地道别,但只有一次,她走出家门后发现有东西忘了拿,回家后发现儿子藏在被子里,已经哭成泪人。

　　当她负责南京地区时,也没多少时间回家,等到南京价格战告一段落,董明珠抽出难得的空闲回家陪东东,可是屁股都还没坐热便接到了总部电话,董明珠只能狠下心收拾行李出发。在送别的车站,儿子没有挽留她,还是眼角带泪地看着她泣不成声地踏上火车。

　　后来,东东成年了,母子俩之间的交谈也常常被董明珠工作上的电话打断。甚至有一次,东东直接拔掉了董明珠的电话线,因为他不喜欢总是在他们沟通很顺畅的时候被打断。

董明珠没有生气，因为她体谅儿子的感受，此后，她更加有意无意地增加着与儿子的沟通。

东东在北京读书时，一次董明珠前往北京出差，抵达时已经是晚上10点多，但她还是去学校看了儿子，虽然见面没说上几句话便分开了，但董明珠的内心还是很满足。因为她为此努力过，因为她不曾随意放弃一次与儿子相见的机会。

忙碌的时候总会想，什么时候不忙了，就可以多些陪伴，可是等董明珠的时间渐渐多起来，她的儿子也长大了，能敞开心扉、毫无顾忌聊天的日子一去不返，有时候他们似乎有很多话想说，却常常面对面坐着不知如何开口。

一次接受节目采访时，主持人询问能否请她的儿子到现场，董明珠表示要征求他的意见。当节目组拨通东东电话询问时，东东拒绝了，不过很快他便打电话询问董明珠，是否需要他到场。

接到儿子主动打来的电话，董明珠很高兴，她回答说："如果你愿意，谢谢你！如果你不想就不用。"

东东也解释了自己不想参加的原因，他希望过正常人的生活，不想被母亲的光环影响，如果以后毕业工作，他也打算去没人认识他的地方发展。很多时候，身教胜于言传，东东继承了董明珠性格中的务实与谦逊，他也希望拥有踏实的人生道路。

虽然董明珠做销售时挣了很多钱，但东东却一直勤俭节约，因为他知道，他花的每一分钱都是董明珠舍弃陪伴他的时间换来的。董明珠也希望自己的孩子能够独立，甚至有时她开车途中看到东东在走路，也不会停下车载他，而是让他自己走。

董明珠为格力奔走了 30 多年，她的儿子就像所有留守儿童一样在寂寞与思念中成长起来，这也是董明珠那么关注留守儿童的原因，他们的每一滴眼泪都牵动着她对儿子的想念与愧疚。

强硬如董明珠，她将所有的柔情都留给了儿子，也将所有的脆弱藏在身后。

2006 年，CCTV 中国经济年度人物的颁奖礼上，再多的豪言壮语，再长的获奖感言也没有让董明珠有所触动，现场的她一直保持着端庄与沉稳，可是在后台，当她收到儿子的短信，看到"亲爱的妈妈，恭喜你"时，所有情绪瞬间爆发。

从镇定自若到泪如雨下，真的只需要一瞬间。

如今，随着年龄增长，东东早已不再像小时候那样依赖董明珠，反而是她似乎和儿子互换了角色一样，她变得越发喜欢与儿子在一起，哪怕什么都不做，就只是看着他，看着那些他们母子未曾共同度过的时光，在孩子身上留下了怎样的印记。

她是董明珠

说起董明珠，人们总会联想起一个词——霸道。对此，董明珠欣然认同，面对公众时，她总保持着从容和镇定的姿态。"我从来就没有失误过，我从不认错，我永远是对的。""只要你走进格力公司，就必须按照我的思维去工作。"她在采访中说过的话，也被人们当作她性格霸道强硬的证明。

人们说，董明珠太过自信了，一个人怎么可能没有错，作为企业的决策人，一旦出错便会影响全局，但董明珠却毫不在意，她甚至很少和人解释，那些决策是她经过观察调查之后，慎之又慎地分析可行性，考虑了任何可能产生的问题，最后才提出的。

作为管理者的董明珠的确霸道：她从不对经销商妥协，员工犯错必须付出代价……甚至与并肩战斗的合作伙伴朱江洪也时常为格力的发展和管理发生争吵——重大决策面前争吵，员工面前争吵，副总面前争吵……

无论是董明珠升任格力经营部部长还是销售副总，在讨论会上都引起了不少争议。很多人认为董明珠性格过于耿直，讲话不留情面，又过于自信，很容易得罪人，甚至可能影响团结，但同时，她的长处也非常明显，销售工作细致，遇到困难想方设法解决，绝不放弃。

事实上，朱江洪选对了人。董明珠能搞定经销商，以高要求让合作商又怕又敬；她制定格力的收账流程，推动行业格局的改善，让格力跻身中国乃至世界家电行业前列。

在格力内部，她是令员工胆战心惊的"雷厉风行的母老虎"；她赏罚分明，对员工要求严格，更严于律己；她发布命令时声音洪亮，语速很快，简短又直接，既强硬又自信满满。

可是，朱江洪却说"她是个好人，就是嘴巴不饶人"，员工们也说她"刀子嘴，豆腐心"。

对于员工，董明珠并非缺少同情心，只是原则绝不能变，没有亲疏远近，一切按规定办事，而在秉公执法、铁面无私的背后，却藏着董明珠的热心与善良。

工作时，格力的员工最怕遇到董明珠，但休息时间，他们最喜欢找的人也是董明珠，无论家事还是工作上的事，都可以和她说，征求她的意见。这时的董明珠不再是那个不苟言笑的管理者，而是一位贴心的大姐，她甚至还关心员工的私事，在闲暇时帮年轻人牵红线。

董明珠与员工在私下关系很好，她会和年轻的女员工一起逛街，在她们买衣服时给出意见；旅游或是出差，只要有空闲，她也会为她们带回小礼物。私下里，大家都亲切地唤她"董姐"，但只要涉及工作的事，她便转眼成为雷厉风行、说一不二的董明珠。

她会关心丈夫常年在外工作的女员工，节日时以公司名义送去礼物，但若是员工违反了公司制度，董明珠一样严厉批评，并且要求员工交罚款。可是到了第二天，她会在没人注意时找到对方，悄悄地自掏腰包将罚款的钱补上——你的难处，我懂得，但不能因为你有难处，就不遵守制度。

时间久了，这样的事越来越多，人们渐渐明白，董明珠的霸道与严厉，是为了格力有更好的发展，是她倔强和要强的行事风格，而藏在背后不经意流露出的温和与热心，才是她性格中真正的底色。

董明珠这个名字早已成为一个代名词，她是商界传奇，也是时代的传奇。

董明珠自己说，当初选择销售是因为觉得这个工作具有很高的挑战性。可是，就连她自己也说，她并不是天生就会和人打交道的。与其他具有营销天赋的人相比,董明珠过于倔强,也喜欢较真。

回忆起刚加入格力时的情景,她不知道该如何跑业务,但她天生要强。不擅长与人打交道,就坚持尝试和练习,只要付出更多的努力和耐心,总能有所长进,甚至超过其他人,成长为足以领导他人的销售老手。

没有太多成功的经验之谈,董明珠只有勤奋和真诚,她只有一个原则——靠坚持,不成功就成仁。这样的拼劲,也让她的奋斗变得辛苦异常,但董明珠怀着一颗平常心,做什么都会感到快乐。"繁忙的工作肯定会让我失去一部分普通人应有的生活,但是我已经习惯了现在的工作模式和节奏,我觉得工作是一种享受。"

无论是在精神还是金钱上,董明珠都秉承着独立、自主的原则,可是,想要在精神上一直保持独立,就要先保证经济独立,这也是她当初没有选择带着幼子再嫁,而是独自南下打拼的原因。

董明珠是个女人,但她一向认为女人并不比男人弱,女人做事业也未必比男人差,只要肯付出、肯努力,一切皆有可能。

2016年10月18日,格力集团董事会议上,董明珠卸下格力集团董事长、董事及法定代表人的重任,继续担任格力电器董事长兼总裁的职务。

有人猜测，董明珠的卸任与格力2015年营业额下滑有关，也有人说，格力集团是想借换届"去董明珠化"，但事实上，董明珠离开后，格力集团一时间面临着"后继无人"的情况。一直以来，格力都是以强硬的态度出现在业界的，他们需要一个有着同样强硬的有魄力、有态度的领导人。

董明珠离开格力集团后不久，将对珠海银隆的资产收购预案提交给股东大会审议，之后很快经历了"格力股东的不支持、改革方案、珠海银隆的拒绝"一连几个过程，最终宣告失败，而董明珠的收购计划和她的"汽车梦"也暂时搁浅。

时更世易，不变的是董明珠的倔强与要强，这是她历尽千辛万苦依然不懈怠的内在动力。

格力发展至今，早已成长为一家优质企业，但董明珠总希望能在有生之年看到格力更进一步。格力壮大了，但董明珠的个人资产却并不多。

"我曾经在很多场合演讲时说过，别人通过奋斗最后都获得了财富，现在已经是多少多少亿的身价，但是我没有，但我同样觉得我很幸福……一个人一定要有追求，不要光考虑眼前的利益，或者说不要为钱而活。人生最大的价值，不是在于你多么富有，而是你回头看的时候，问心无愧，那才是真正的价值。"

真的能做到问心无愧吗？董明珠真的可以。

她从最基层做起，她懂得员工疾苦，更懂得如何冲破重围，稳扎稳打地赢得更好的成绩，用董明珠自己的话说："和大多数女性不一样，我从小就有做一点事业的追求！"

她口中看似轻飘飘的"一点事业"，却是"让世界爱上中国造"的豪言壮语。我国第一批优秀女企业家中，她名列前茅；为了有足够的底气说出"我就是道理"，她殚精竭虑。一次次，她代表格力出现在报纸、电视上，最终成为人们口中的"格力女神"。

即便她卸下格力集团董事长的重任，说起格力，人们还是会想到她，她有着商人的身份，运转着商人的事务，却没有虚伪的笑容和客套的寒暄，她直言不讳，敢作敢为，仿佛什么都不怕，又仿佛无论出了什么事她都能一肩承担。

从下定决心咬牙闯出一片天地，到众人皆知，董明珠早已活成一种证明，证明女性不是也不该是弱者，她们可以选择不依靠男性，独立生活。

成功之后的她，常常被邀请出席讲座和进行演讲，即便是面对尚未进入社会的学生，董明珠也知无不言地将自己年少的经历和多年管理经验和盘托出。

也许有人认为，对不懂世事的学生谈这些没什么意义，但董明珠不这么认为，她不知道自己讲的那些学生们能听懂多少，又能得到多少启发和鼓励，但哪怕有一个人，或是有一分触动，未来就会多出一份希望。

令她欣慰的是，她的确收到令她欣慰的回音，有一位曾经听过她演讲的学生以创业者的身份寄来信件，感谢她曾经给予他的鼓励和教导。

感念于此，董明珠在后来的任何场合，只要她觉得能给人以帮助，她都会鼓励他们抓住机会。哪怕工作再忙，她还是会抽出时间到校园去，很多高等院校中都曾出现过这样一个身影：她个子不高却神采奕奕，她微带南方人的口音却语气铿锵，她总在鼓舞学生们去做自己想做的事，不要害怕失败。

她是董明珠，一个从不许自己失败的女人。

离开格力集团后的董明珠，依旧是格力电器的负责人，她依旧坚持不懈地关注着技术升级，继续关注着新兴产业。2017年，格力开始致力于独立研发芯片。在此之前，格力空调内部的芯片大部分都是进口的，而每年格力都要生产几千万台空调，采购芯片的金额相当庞大。

2018年，她将为员工建房的计划再次提高到新的标准——要让格力8万员工每人都有两房一厅！

2018年是格力电器董事长的换届年，但也正是这一年春季，董明珠做出了2017年不分红的决定，引发一些投资者的不满，股票也开始下跌。紧接着，原本应该在5月举行的换届选举也推迟了整整半年，直到 2019 年 1 月，格力电器才完成选举，董明珠获得了新董事会的全票支持，连任董事长。

2019 年，注定是董明珠叱咤风云的一年。

4 月，董明珠与小米创始人雷军的"十亿赌约"揭晓结果，五年的时间里，小米收入翻了几倍，但 2018 年小米的收入为 1749 亿元，格力则达到 1981.2 亿元，这场赌约，以董明珠的胜利告终，更富有戏剧性的是，2019 年小米的收入正式超过了格力。

2019 年 6 月，格力电器在官方微博上举报同行奥克斯空调，再一次引起轩然大波。此时的董明珠已经成为人们公认的企业家中的"网红"。从 2012 年接任董事长之后，董明珠带领格力电器从收入不足 1000 亿元增长到近 2000 亿元。

虽然这一路上走得很辛苦，收购珠海银隆失败，进军新能源汽车行业受挫，但她依旧摘得了 2019 十大品牌年度人物的桂冠，并在《福布斯》2019 全球最具影响力女性榜单上排名第 44 位。

她从不否认自己对格力的意义，她对自己的位置很清楚："一个企业要有领军人物，企业出现问题，问题在哪里，都是一把手的问题，企业文化也来自一把手。"

但她不愿意被人们称为"格力女皇"，在董明珠看来，这不过是外界想象中的自己，她只不过是企业的"公仆"，"领导人有了权力以后，会付出更多"。

第五章　舞台很大，人生很长

"战雷军""撕友商""造芯片"……董明珠渐渐成为一个整年都不下新闻头条的女人，到2020年，在"新冠"病毒肆虐后的经济低迷期，她更是出现在直播镜头里。

从为格力代言，到亲自直播，董明珠一直在路上，虎虎生风，勇往直前。

第一章

没有风华，只有奋斗

在人们不知道的幕后

随着信息传播手段不断发展，互联网的普及，让越来越多资讯涌入人们视线，即便是多数人平时无缘接触的行业和企业，也会因为网络新闻的飞速传播变得众所周知。

人们开始对一些大型企业的消息津津乐道，无论这些新闻以何种形式出现，无论对这家企业的经营范围了解多少，他们都会记住这个企业的名字。

但那些被频繁提起的大型网站、电商平台、餐饮企业，比如网易、京东、永和大王，人们关注更多的是他们背后的掌舵人，他们是谁，他们有过怎样的坎坷奋斗，如今又过着怎样令人艳羡的成功人生。

更多关注使用价值的消费者们，很少去关心一家企业是如何运转的，又是如何保持运转的。因此，也很少有人关心在那些企业繁荣发展的背后曾经有过怎样的成长煎熬，在那些企业声名鹊起的幕后，是谁在提供强大稳健的助力，将它们一个个推上市场竞争的前排交椅。是投资！

无论一个决策多么正确、高明、充满远见，如果没有足够的资金维持运转，企业都将寸步难行。大规模的资金让企业得以发展，得以开启新的模式、开辟新的市场，而手握资金"大权"的投资人，却隐入企业庞大复杂的运营背后，鲜有人提及。

因为寻常消费者不会追问一家企业的投资方有哪些，都占多少比例，甚至连企业的员工更熟悉的也是董事长、经理和部门负责人，关注最多的也是自己的业绩和工资水平……

直到有一个女人出现在人们的视线里，成为众人瞩目的焦点。

她是今日资本的创始人、中国最佳创投人，她经手投资的企业产生了4位闯入福布斯前百名的富豪，她凭借个人财富不断登上各大财富榜单，并被美国《商业周刊》杂志评为"亚洲最具影响力的25人之一"。

她就是徐新，一位凤毛麟角的企业女伯乐。

从来千里马常有而伯乐不常有，于是本该驰骋千里的良马便在磨碾与糠槽间盘桓毕生，心怀创业激情的人也是如此，作为缺少资金的创一代，他们都需要一位伯乐。

第一章 没有风华，只有奋斗

京东的刘强东、网易的丁磊和娃哈哈的宗庆后身后，都站着一位共同的女人，她便是徐新，她投给他们的资金，投下的是生的希望和奋发的热情。

曾经，宗庆后想做瓶装水却苦于筹不到钱，是徐新用资金支持了他；当创业初期的丁磊举步维艰前途渺茫时，是徐新的投资托起了他，也为如今的网易帝国奠定了基础；计划转型电商的刘强东因为没人支持无法变现，是徐新为他提供了资金，才有了现在京东的辉煌。

一棵树的绿荫茂盛、开枝散叶，凭借的是扎根深处的稳固和多年汲取的养分，但那个曾在干旱时为弱小树苗灌溉过的人，却有着救命一般的意义，是最初的扶持，让其后的一切可能有了成活的机会。

有了徐新的慧眼识珠，丁磊、刘强东等人的不懈努力与坚持才有了用武之地，也有了发展的无限可能。

宗庆后和丁磊曾3次成为中国内地首富，刘强东更是让徐新一战成名，获得了超过150倍的投资回报率，每次提到京东，她总是骄傲欣慰地表示："京东已经成为我20年投资生涯中最为成功的投资案例。"

是京东，让她受到众人的瞩目，人们称她为"女版巴菲特"，称她是风投界的vc女王、富豪背后的女推手。

徐新所在的产业，不是传统意义上的保守投资，而是风险投资。

　　风险投资的英文是"Venture Capital",缩写"VC",简称风投。顾名思义,这是一种回报有风险的投资,也被人们称为创业投资。作为一种融资方式,风险投资主要是向一些处于创业初期的企业提供资金支持,并取得该公司股份,属于私人股权投资。

　　商业运作的巨大资金需要,注定了风险投资不可能是个人行为,而是以专业的投资公司形式出现。风险投资公司由具备科技及财务、经营、管理等相关知识、经验的人组成,这样的知识背景有助于更好地理解高科技企业的商业模式,同时帮助创业者改善企业的经营和管理状况。

　　能够争取到风险投资的被投资公司,大多是高新技术的初创企业或是还未上市的企业。为人所熟知的许多中国企业以及在海外上市的互联网企业,都曾得到风险投资的支持,如腾讯的马化腾、百度的李彦宏、盛大的陈天桥和搜狐的张朝阳、阿里巴巴的马云。

　　风险投资公司以有限合伙的形式作为普通合伙人管理资金的投资运作。在整个过程中,风险投资公司的目的不是经营被投资公司,但会提供资金和专业上的知识与经验,协助被投资公司获取更大利润。

　　之所以被称为风险投资,是因为投资中存在很多不确定性,会为投资和回报带来很大风险,因为很多企业的创始人虽然具备出色的技术专长，但在管理公司上缺乏经验；同时，某种新兴技术或是理念是否能在短期转化为实际产品并被市场接受，也是不能确定的。可以说，风险投资是一项为了追求长期利润而进行的高风险、高报酬的投资行业。

风险投资行业的性质，决定了从业者必须具备足够的知识和经验，理性的思考与判断力，行动的魄力和决断力，这些因素导致了从业者的男女比例出现严重的倾斜。比如，管理者中女性不足5%，女领导只有2.7%，而徐新正是这个行业中少之又少的女性掌舵人。登上"封神榜"的她，作为女性投资人，无论是在业内还是在大众眼中，都是一个神奇的存在。

成为业界的"投资女王"之后，有更多企业找到徐新，她和她创办的今日资本扶植了很多中国企业的崛起。

京东、网易、娃哈哈、永和大王、中华英才网、大众点评网、赶集网、携程、唯品会、知乎、土豆网、三只松鼠、NOME家居、Boss直聘、马蜂窝旅游、贝贝网、蔚来汽车……包括零售、医疗、消费品、互联网等行业在内的许多优秀企业，都是徐新投资的。

锦上添花易，雪中送炭难，徐新的投资正如雪中炭火，为许多企业创造了迎接春天的机会。并非这些企业表现得足够优秀才赢得了徐新的投资，而是因为徐新在它们身上看到发展的无限可能，看到它们能够成为优秀的企业，才选择将资金投给它们，而事实终究没有让她失望。

在这个信息爆炸、经济迅猛发展的时代，每个人都有可能成为行业的翘楚，成为公众瞩目的明星。

凭借自己出色的投资成绩，徐新多次被评为"中国十大最佳创业投资人"；成立于2014年的今日资本，也在行业内遥遥领先，成为专注中国市场的国际性投资基金。

在人们不知道的幕后，她托起了许多人的梦想，助力着许多人的拼搏，随着这些人的成功，徐新的名字也从幕后慢慢浮现出来。

如今，徐新这个名字成为投资界的风向标，赢得徐新的青睐，已经不再单纯意味着能得到风险投资，更成为一种实力的象征，成为无限商机和无限发展可能的代名词。

改变人生的抉择

1967年,徐新出生在重庆市大足的一个小康家庭里。她的父母在一家军工厂工作。在那个年代,大足的山中隐藏着很多军工厂,而她父母所在的军工厂因为规模巨大,所以是半军工半民用的,但主要用于生产汽车。

工厂虽然地处山沟,但因为是大型国有企业,生产和生活方面的配套设施却很齐全,各单位、部门和机关为了解决职工子女的教育问题,还开办了子弟学校,从小学到高中各个年级都有。厂里的工人来自各地,约有一万多人,职工和家属住在厂里,就像一个自给自足的小型社会一般。

在这个浓缩的小型社会中,徐新的父亲一步一步地向上攀登着,他毕业于吉林工业大学,是个很有商业头脑的人。因为工作勤奋,又有进取心,他从汽车制造厂的基层一直干到厂长的位置，而那时候，徐新还处在不懂事的年纪。

除了有一个弟弟，徐新再没有其他兄弟姐妹，父母因为工作忙碌，对她的管束也并不特别严厉。没有巨大的学习压力，没有家长与孩子之间的攀比，自由，成为徐新童年最深刻的记忆。

工厂的环境和城市不同，明明也是一家家住户，但都属于职工宿舍，虽然人数众多，大家相互也都是认识的。父母一辈每天一起上班下班，年龄相仿的孩子们一起玩耍一起长大，说是小社会，却比真正的社会要安全得多。

因此，工厂里长大的孩子也比城市的孩子有着更多乐趣。童年的徐新会和小伙伴们一起漫山遍野地玩耍，捉迷藏、跳绳、拍糖纸……游戏的内容并不重要，哪怕只是很原始的儿童游戏，也足以让徐新感到快乐满足。

随着年龄渐渐增长，徐新到了上学的年纪。对她来说，上学似乎只是多了更多的玩伴，而且这些玩伴还会每天按时到学校与她会合，除了上课，徐新将大部分的时间都用在玩耍上。

因为学校有严格的时间安排，徐新没办法像小时候那样整日在山里玩耍，因此她格外珍惜放学后的时间。到后来，为了能出去"野"，徐新甚至开始逃课。

不足十岁的孩子，很难有什么远大理想，就算有，也只是一种想象，很难真正落实到每一天的学习和生活中，而童年时代的徐新最大的"理想"就是出去玩。

徐新的父母从来没有强求过她，因此徐新也养成了自由奔放的性格，尝过一次逃课的滋味，她便总盼着能多些玩耍时间，渐渐地，逃课成了家常便饭。

这个世界上，只有成绩不会骗人。逃课次数多了，徐新的成绩也跟着直线下滑，老师多次管教也没有效果，只能找徐新的家长告状。

父母白天上班，不可能随时看着徐新，老师要照管一个班的学生，也不可能随时看着徐新，因此，说服教育对徐新是没有用的，顽皮又倔强的她，如果自己没意识到其中的问题，说什么也不肯悔改。

徐新喜欢逃课，因此常常逃，哪怕被父亲打，也没能让她变得乖巧听话。这个顽皮的学生渐渐让老师头疼不已，她是"逃课大王"，上课不是在不停地吃东西就是和其他同学说话，仿佛有用不完的精力，却偏偏不肯用在功课上。

同龄的女孩子大多乖巧，很少被父母训斥，挨打更是少数，徐新却是特例中的特例，她甚至成了老师眼中的"坏孩子"。可是，这个"坏孩子"却在玩耍中随心所欲地度过了自己的童年。

在父母的怒火和老师的无奈中，徐新单纯地玩耍着、快乐着，一晃就到了上初中的年纪。

厂办学校的教育力量大多薄弱，徐新所在的学校也是如此。这些学校主要是为了帮助忙碌的员工教育孩子，"托管"的意义远大于"教学"。

由于只招收工厂职工子弟，学校的学生很少，徐新所在的年级只有四个班级，共200人。虽然只有四个班，也按照成绩分出了优劣，一班的学生被老师寄予了厚望，认为是有希望的重点培养对象，而后面三个班级的学生，不仅放弃了学习，更是不务正业。老师上课时学生在聊天，甚至还学着成年人的样子"谈恋爱"。一次，老师忍无可忍，在黑板上写下"乌合之众"四个大字便扬长而去。老师一走，学生更加肆无忌惮地玩耍了。

后进生班级的课是无法再好好上下去了，小学升初中的时候，被称为"逃课大王"的徐新决定冲刺一下，"临时抱佛脚"的她就像一匹黑马，从后进生的班级里脱颖而出，以第8名的成绩考入子弟中学。

进入中学后，在成绩优异的学生中，徐新只能排在中等水平，加之考入重点班之后，徐新再次放松下来，再也按捺不住贪玩的心，她又故技重施，开始了逃课生涯。

初中的课程自然比小学时更多，有些课程她还会听听，但遇到自己不喜欢的物理课和化学课，徐新总会毫不犹豫地逃掉。

那时她的字典里只有"疯玩"两个字。

"我小时很调皮,喜欢跟男孩子一起玩。还经常和我的好朋友逃课,她在岸边看红楼梦,我在河里摸鱼,整个下午的化学课都不上的,那个门捷列夫周期表,我都不知道是什么东西,跟不上了。"

三年时光走得很快,特别是无忧无虑的学生时代,转眼之间,徐新便面临着新的选择。

当时,读书并不是唯一的出路,军工厂的孩子们初中毕业后有三个选择:第一种,考高中,之后考大学;第二种,考中专;第三种,考技校。

当时国家急需掌握技术的中专技校人才,因此,每一个在中专或是技校就读的学生,国家都会给予补贴,更重要的是毕业之后国家还会分配工作,可以说是既有钱又有前途。

徐新的父亲虽然是厂长,但那个年代,厂长更多的是承担责任而不是享受待遇,因此,徐家的家境并不富裕,无论是读书时的补贴还是毕业后的分配,诱惑力都很大。

可是,徐新还是在自己的志愿表上填了"高中"字样。这让徐新的母亲不禁连连叹息,因为,若是徐新报考技校,就能拿到每月16元5角的补贴,相当于既能读书又能挣钱。

学校的同学和老师更不明白徐新是怎么想的。一个偏科严重又常常逃课的人，成绩平平，竟然还想要考高中考大学，到底是不自量力的痴人说梦，还是怀着"飞上枝头变凤凰"的妄想，没人去深究，但对她的非议和嘲讽却远远多过鼓励和认同。

至于徐新，她在做这个选择时并没有特别崇高的志向和理想，她想得不多，但胆子够大，遇事又不肯服输，所以才选了继续读下去。因为她知道，自己成绩不够好并非因为蠢笨，而是她根本没有认真读书。

徐新的选择不被众人看好，却得到了父亲的支持。但是，父亲也提醒徐新，如果想读高中，一定要努力考入重点学校，如果在厂办高中读书，根本不可能考上大学，这里每一年的升学率都是零。

为了考入重点高中，徐新拿出了十二分的劲头，徐新的父亲除了鼓励她，甚至花费重金为她请来家教进行辅导。这在当时成为厂里轰动一时的新闻。

徐新的性格奔放，少了很多女孩的扭捏，但她同样敏感。从家人、同学和邻居的反应中，她也体会到极大的压力。这一次，逃课成性的她竟能沉下心来，无论谁来敲窗户喊她出去玩，她都不理不睬，只顾着闷在家中看书做题，学校的课程，她再没有逃过一次，更没有再出去疯玩过。

人们都说，徐新这个"野孩子"变了，曾经的她以逃课闻名，仅仅过了几个月，她便成为厂里数一数二的"优等生"。

应考的关键时刻，徐新一飞冲天，考入重庆重点高中——南开中学。

这个消息传开了，整个工厂都惊讶不已，纷纷说着厂长的女儿不一般。可是，只有徐新自己知道，这是她的选择，是她选择了要在好好读书的道路上拼一拼。

只不过当时的徐新也没有想到，在中专、技校和高中之间毫不犹豫地做出的这个抉择，将在其后改变她的人生轨迹。

我还可以更好

到重点高中读书,意味着徐新要离开家,开始住校生活,这是她人生中的第一次离家。

徐新从小在山中长大,除了备考期间埋头功课,她一直过得逍遥自在、无拘无束,上课也好,聊天也好,甚至是逃课都完全随她心情,身边的伙伴都是她从小熟识的朋友。可是跨越山山水水,独自一人来到重庆,迎接她的是完全陌生的生活。

巨大的变化让徐新感到很不适应,最主要的变化并非在学习上,而是在生活上。

远离父母和朋友,在这个陌生的环境里,徐新第一次体会到什么是寂寞。晚上,学生们上完课各自复习预习,偶尔聊天,聊天内容也大多与学业和自己家人有关。而徐新离开家之前，她的家里每天晚上都很热闹，厂里的人总喜欢去找徐新的父亲聊天，她也能守在一旁，听大人们闲聊厂里的大事。

对于父亲，徐新既敬又爱，和很多女儿更喜欢母亲不同，从小野惯了的徐新更喜欢和父亲一起聊天，聊天的内容也和一般女孩的悄悄话不一样。

在那个"谁家的儿子挨打了，第二天全厂都知道"的小社会里，徐新的父亲作为厂长，工作上尽职尽责，无论是检查生产效率、提高生产技术，还是职工分房、子弟教育，他都会亲自过问。从普通工人一路做到厂长的职务，他很能体会工人的不易，厂里职工也很信任他，无论有什么事，不论大小，都可以到厂长家找厂长反映问题或是想办法。

因此，每天下班后，只要到了晚上，徐新家总有人来拜访，每家每户都有不同的问题，但都是让人不省心的麻烦事。

徐新的母亲不喜欢听这些事，但徐新却颇感兴趣。每当有职工上门，徐新总是坐在一旁听得兴致盎然，平时总想着出去玩，连凳子都坐不住的"坏孩子"，这种时候却能从头听到尾。不仅如此，职工们一走，她便有一大堆问题等着问父亲。因此父女俩的聊天，也大多围绕着生意和管理。很多时候，徐新的母亲已经回屋睡下，徐新和父亲的谈话却还在继续。

到后来，徐新听得多了，问得多了，便有了自己的想法，有时候父亲和职工们聊天，她坐在一旁也会插进来发问。大家见她是个小姑娘，也不会特别防备她，很多问题都没有刻意去回避她，但没人知道，就是这个众人眼中的小姑娘却总爱思考大人们都感到头痛的问题。

虽然对物理和化学缺乏兴趣，但徐新对人却很好奇。工厂里总有各种问题，一开始，徐新只是对职工们好奇，为什么这些平时有说有笑的人到了晚上，来到她家反映问题时就像变了一个人一样？为什么有那么多工资问题、房子问题和上学问题？

时间久了，她也听得多了，徐新慢慢明白，说到底，父亲是在管理工厂，也管理着这些人，这就牵扯到如何选拔人，如何用人。渐渐地，她向父亲请教的问题变为与生产、销售有关的生意问题。

在这个小小的家中，徐新接触着关于商业的各种知识，被称为"逃课大王"的她用这种零散旁听的方式，了解着一个企业的经营和管理知识。

她常常和父亲探讨"公司"这个话题，从什么是公司、公司与工厂的不同，到怎样经营公司，什么样的公司才算优秀等等。

这些探讨完全超出一个十几岁孩子的知识范畴，更何况徐新是个女孩，几乎不太可能和管理有什么关系，但徐新的父亲还是耐心地将自己了解的知识毫无保留地教给了徐新。

父女之间的聊天，本就无关内容，若女儿想学些知识自然是好事，更何况徐新的追问和父女之间的探讨，让徐新的父亲感到欣慰。他肩上担负着一万多人的前途，身边却有一个聪明的女儿愿意帮他分忧，哪怕不能解决什么实际问题，也同样是种慰藉。

只不过当时的徐新和父亲都不会想到，正是一个个夜晚无心的闲谈，让徐新对这些看起来"不务正业"的问题越发感兴趣，也引导着她最终走上了与商业息息相关的道路。

之前在家中有父亲相伴，晚上的时间丝毫不觉漫长无聊，转眼过起了独立的住校生活，徐新特别想家。她甚至会怀疑，自己辛苦备考进入重点高中是为了什么。

徐新有些后悔自己没有报考技校，如果去了技校，不仅每月领补贴，前途不愁，更可以与小时候的玩伴一起，也不用一个人在陌生的环境里受苦。想到这些，徐新甚至有了不想继续读书的想法，她还向父亲透露了这样的想法。

了解到徐新的想法，父亲没有苛责她，更没有要求她必须坚持下去，而是找了一个机会开导和鼓励徐新。因为徐新对工厂管理有兴趣，父亲便以此打了比方。他告诉徐新，如果想提高工厂效率，就要去寻找和别人不同的道路，只沿着别人之前走过的路，是不可能取得大成功、有大出息的。

父亲的鼓励，让徐新重新找回了沉着与乐观。这是她自己的选择，就像她被训被打也依旧逃课，就像她咬紧牙关复习考高中一样，既然是自己的选择，就应该坚持下去。

不服输的劲头，让徐新最终坚持了下来。熬过了最初的不适，抱着积极的态度，她的学习和生活很快进入正轨。

因为生活全部需要自理，徐新得以自己安排生活和学习时间，她试着用之前在父亲那里学到的管理思维规划和安排自己的时间，学习、交友、课外活动、体育活动，全部规划得井井有条。有了充实的学习和生活内容，徐新也彻底走出对家乡的思念，认真地投入自己的高中生活。

读高中的学生几乎都以考大学为目标，徐新在学校时也会和同学们讨论各个城市和大学的特点。不过，单纯依靠讨论是没办法实现目标的，更不可能成功考入大学，对于徐新来说，最踏实的办法就是用自己发明的"管理型自理式生活方式"认真学习，在关键时刻将宝贵的精力投入到学业上，使学习达到事半功倍的效果。

徐新读高二时，一次父亲来看她。亲眼见到徐新将自己的学习生活安排得井井有条，父亲感到很欣慰，想到女儿长期住校，对她的叮嘱也多了很多鼓励和鞭策，徐新顺势提出考大学的想法。

听到徐新的决定，父亲非常高兴，夸她有大志向。这个曾经总是因为淘气挨打的"野孩子"，终于长大了懂事了，有了自己的目标。说起自己的理想，徐新更是兴致勃勃，她滔滔不绝的样子，让父亲对她更加充满信心。

徐新足够聪明，只要她想学就能很快学会、学好，如今有了明确的理想和希望，人也变得更有斗志。父亲知道她要面对巨大的挑战，要花费更多的时间和精力，于是反复叮嘱她要"好好学习"。

考大学的这个决定，自然得到全家的支持，随着高考临近，家里开始关心起徐新的顾虑和志愿，母亲甚至提出要去重庆陪徐新，却被徐新的父亲拒绝了。在最关键的时刻，他选择相信自己的女儿，相信她可以独自应付。

徐新没有辜负父亲的信任，高考揭榜，她成功考入南京大学外语系。

重庆与南京，一个是长江头，一个是长江尾，千里距离，却没有让徐新的乡愁更浓，也许是因为已经经历过离家住校的生活，在赞美声中出发的徐新满心欢喜，虽然换了环境，但她依旧很有信心，并充满喜悦地向父母汇报："我学的是英文专业。我们那个大学挺好玩的。"

从厂办学校考入重点高中，再考入南京大学，徐新一路从"逃课大王"逆袭而上，成功改写了自己的人生轨迹，向所有人证明——她还可以更好。

命运的跳板

"其实每一个人醒悟的时间是不一样的,我是比较晚的。所以你千万不要小看自己的潜力,任何时候只要你觉醒了,你都可以迎头赶上。可能你就是那朵迟开的玫瑰!"

对于曾经的逃课和后来的奋起,徐新这样评价自己。她从觉醒开始便再没有停下努力的脚步,进入大学后她迷上了阅读,特别喜欢伟大人物的传记。由于当时的教育资源并不丰富,学校阅览室的书籍很有限,为了防止中途离开后自己喜欢的书被人借走,徐新常常在图书馆一坐便是一整天,甚至牺牲吃午饭和晚饭的时间,直到把那本书看完。

度过了充实的四年大学生活,1988 年,徐新毕业了。

第一章　没有风华，只有奋斗

一个人的命运会随着周围的环境不断变化，感叹自己生不逢时的人，常常艳羡那些顺风顺水的人，可是又有谁知道，在这些表面的顺风顺水背后，是怎样的努力。

徐新从南京大学毕业时，正值改革开放。新的时代蓬勃发展，无数种可能性在等待着她去发掘，前景辉煌的道路为这些大学毕业的天之骄子铺开了。

很多事看似是巧合，实则却凝聚着个人的努力。徐新埋头苦学，从山沟的军工厂考入大学，大学毕业时又赶上了改革开放的大潮，这看似是命运的眷顾，却是徐新一路拼搏的成果。因为时代的进步不会迁就个人的状况，就算当年她选择去读技校，20世纪90年代的改革开放依旧会按时开启，唯一不同的是在机会面前，大学毕业与技校毕业在竞争力上有着巨大的差异。

那个年代的大学生，毕业后由国家分配工作，服从分配的徐新来到北京，进入中国银行总行，成为一名柜台营业员。

这份工作无疑是令人艳羡的，是人们口中的"铁饭碗"，更何况在改革开放的浪潮中，金融业一马当先，银行的发展机会自然也很多。

不过，徐新只是一名刚入职的小职员，她每天的工作都围绕着办理存折、托收支票等业务进行着，用她自己的话说，当时她每天要做的只有三件事——在柜台复印、登记、盖章。这样的业务，徐新自然完成得很好，她的日子过得很轻松，但随着这种规律的生活日复一日地进行，徐新渐渐感到有些无聊。

一个刚刚大学毕业的年轻女孩，有一份稳定的工作，不吃苦不受累，徐新本可以无所事事地消磨时间，领着工资过衣食无忧的生活。可是这些对徐新来说显然是不够的。她有更多的追求，也有更高的目光。

面对简单轻松却缺乏挑战性的工作，她依旧保持着热情，每一天的工作她都尽心尽力，从没有迟到或是早退过。在她的字典里，任何事都只有不做和做到最好两个选项。

她勤奋地学习和工作，摘得银行知识大奖赛第一名，她还参加英语竞赛等业余活动。因为表现积极，入职一年的徐新被评为"三八红旗手"。

当时，她所在的单位有3000多名职工，每年评出3位"三八红旗手"，是真正的千里挑一，初涉工作的徐新凭借自己优秀的表现和突出的能力获此殊荣，也成为领导眼中值得培养和提携的好苗子。

后来，徐新担任银行团支部书记，并在很短的时间内晋升为副科长。用她自己的话说，能出彩的地方她都已经出彩了，她一直在努力，3年工作中，她拿到了很多荣誉，但这些荣誉并没有让徐新满意，她感到自己的人生停滞不前，虽然获得了荣誉，却一直没有进步。

徐新开始对自己的状态感到不满，那时，她每天骑车上班都会经过右安门立交桥，因为市政改造，那座桥修了很久，总是没有进展的样子，像极了当时的徐新。于是，这个要强的重庆女孩便在心里暗自发誓，在这座桥修好之前，她的生活一定要有变化。

徐新一直记得在南京大学读书时教授黑人文学的老师，那是一位很酷的黑人女教师，当她第一天走进教室，便用英文在黑板上写下让徐新极为震撼的一段话，翻译过来是这样的："你是独一无二的，你是生命的奇迹，在过去的500年里，从来没有一个人像你一样，在未来的500年里，也没有一个人像你一样！"

作为一个前后千年时光中独一无二的人，徐新对自己的要求很高。那时的她自然不知道要如何制造变化，但她有决心，也有迎接挑战的勇气，而机会与挑战往往垂青于有准备的人。

1992年，随着改革开放步伐的进一步加快，市场经济飞速发展，对金融行业的要求也更高。作为其中最活跃的组成部分，我国的金融行业却存在着发展落后的状况。由于财务制度与国际上有大差异，根本没办法直接聘请国外的财务人才，只能自行选拔和培养一批国内的财务人才，使其能力达到国际水准，才能真正与国际市场接轨。

那一年，中国与英国政府签订了培训协议，决定联合培养一批注册会计师，以充实我国的财务专业人员队伍。

中英两国签订的协议生效后的第一件事，就是从国内金融圈中选拔一批优秀的年轻人参加英国的注册会计师考试。

中国银行也分到了选拔名额，但因为营业部与会计部是分开的，选拔的是财务专业人员，自然与营业部无关。可是，营业部的主任却提出，营业部部门大、人员多，选拔和培训这样的好事，应该将营业部的员工也考虑进去。

就这样，营业部争取到一个宝贵的名额。这是一个难得的发展机会，营业部主任决定将这个名额让给先进的年轻人。当时，徐新正是"三八红旗手"中年龄最小的人，又先进又年轻的徐新，就这样成为中国银行总行营业部的选拔代表。

从收到通知到参加考试，中间只有短短两星期的准备时间，徐新只能不顾一切地进行考前冲刺。机会只有一次，名额也只有一个，胜败在此一举，在温水中漂浮了三年的徐新，终于又迎来这次充满挑战的考验。

机会向她伸出了狭长的跳板，等待她蓄力而起的一跃。

徐新的专业是外语，对会计一窍不通，是真正的"门外汉"，但她拿出读书备考时背书的专注和认真，抱着会计书拼命背诵，终于成功通过会计专业课的筛选，不是会计专业毕业的她，在众多选拔者中以第二名的好成绩得到了复试资格。

参加复试的人除了徐新,还有其他几家国有银行的选拔者,以及一些毕业于财经专业的大学生。他们在南京黄埔饭店进行复试,出题人则是来自六大国际会计师事务所的高手们。

复试的题目很简单,选拔者抽取题目,之后根据题目进行约十几分钟的英语演讲,之后再回答几个专业的问题就可以。

虽然不是财务专业毕业,但徐新的英语很好,很多财务专业的选拔者虽然业务娴熟,但因为英语不好,有的人甚至连题目都看不懂,因此没办法正常答题,更没办法与考官进行交流。徐新虽然是"临时抱佛脚",但她将自己背下来的内容搬到考场上,再加上熟练的英语,竟也有惊无险地完成了考试。

在等待复试结果时,徐新为了缓解焦虑到旁边的餐厅吃饭,但没想到那家餐厅是自助餐,徐新没吃过自助餐,根本不知道怎么取餐。

虽然在餐厅遭受了小小的挫折,但徐新等到了自己想要的结果。复试通过的人数不多,而她正是其中一个!

一个多月之前的徐新,只知道会计需要每天数钱和看账本,转眼自己却成了鼎鼎大名的普华永道的实习生,获得前往香港实习的机会,距离成为正式的英国注册会计师又迈进了一大步。

从西南山中来到中国银行,又从中国银行到普华永道,徐新的转变和飞跃超出了很多人的想象,如果没能奋起备考,她可能走不出大山,如果不是勤奋上进,她不会成为最年轻的"三八红旗手",参加选拔考试的机会也不可能落到她手中。

一个个选择的结果交织在一起,成为命运的跳板,早已蓄势待发的徐新一跃而起,完成了她人生中又一个足以改变命运的跳跃。

第一章 没有风华，只有奋斗

成为注册会计师

那个年代的香港尚未回归，从 60 年代开始，香港经济迅速发展，并与韩国、中国台湾和新加坡合称"亚洲四小龙"。

这里有着令人眼花缭乱的繁华，维多利亚港的热闹，太平山的夜景，还有与国际接轨的购物天堂，都让初到香港的徐新应接不暇，感到有些不知所措，更主要的是身边人对她的好奇。她进入普华永道实习时，很多人都以为她是高干子弟，因为在 90 年代初，寻常人想进入香港普华永道是一件很困难的事。因此，纵然徐新反复解释，也没人相信。

毕竟，简称为普华永道的普华永道会计师事务所是世界顶级的会计师事务所之一，国际四大会计师事务所之一，至今在福布斯全球排行榜上位列全球私有企业第三名。

正是这样专业强大的机构，成为徐新历练的平台，这是寻常人无法赢得的条件，更是凭借寻常努力无法把握的机会，实习期间的艰辛自不必说。

刚到香港，徐新面临的最大问题是语言关。她是公司里为数不多的内地人，顶着审计实习生的职位，如果不能迅速掌握粤语这门"工作语言"，融入本地人，她根本没办法开展工作。

徐新从未想过抱怨，需要学那就马上学，认真学，对于一个在重庆出生、在南京读书的内地人，粤语就相当于一门外语。徐新从头开始，每天学习词汇，仅仅用了3个月时间，她便能熟练地用粤语和本地人进行对话。

从最开始的语言不通，到能熟练地讲出广东话，仿佛就在一瞬间，而当时有很多在广东工作多年的人，依然对粤语听得半明不白，更不要说开口讲话沟通。这件事让身边的人对徐新刮目相看，更让客户们感到惊讶。

人们都在称赞徐新学习能力强，却没人知道，在苦学语言的三个月里她经历了什么。

在普华永道，无论普通员工还是经理，工作都异常努力，没人敢放松，因为每个人都知道，只要稍不努力，自己就可能被别人取而代之。不仅员工每天加班到凌晨，就连经理也要加班，即便这样努力工作，也未必能完成全部任务。在一个连经理都要加班的高速运转的公司，像徐新这样对业务尚不熟练的实习生，可想而知要经历怎样的艰难历练。

那段时间，徐新每天都要学粤语，晚上还要抽时间为考取英国注册会计师资格证做准备，这个缩写为CPA的注册会计师考试一共18门，徐新每天晚上都要忙到12点左右，周末不上班时更是忙着备考，生活只剩下工作和考试两件事。

更让徐新感到忧心的是，她虽然在实习期间，却没能进行真正的实习。

在事务所，会计师是由客人选择的，客人点了哪名会计师就由哪名会计师负责提供相关的财务专业服务。徐新和另外一个从内地来的女孩因为不会说粤语，所以没人点她们。

事实上，没有客人点徐新，除了语言上的原因，还因为她来自内地。当时刚刚改革开放，内地优秀的会计人才本就不多，因此客户对于"中国人"的能力并不信任，这让徐新不仅无法接触和参与投资等核心业务，甚至连日常工作都没有机会开展。

一开始，徐新觉得没有工作是好事，这样她就能空出时间来看书学习，准备考试。可是时间久了，徐新渐渐意识到这样不行。她是来实习的，如果想看书备考，根本用不着跨越千里到香港来，她必须好好把握机会，要在实习期间多接触财务工作，在实践中学到更多知识。

学习语言需要时间，难道要等她熟练掌握粤语后才能真正开始工作？从小就活泼敏感的徐新，自然不会在这里止步，她需要一个契机，让她能抓住机会，实现重大的突破和转变。

经过几天的仔细观察，徐新发现事务所的客户中有一些日本客户，这些日本客户的业务不多，要求却很高，近乎挑剔，因此事务所里没人愿意做他们的业务。而且，日本客户因为不懂粤语，同样存在着沟通上的问题。

于是徐新找到那些日本客户，提出用英语和他们谈业务。就这样，她和另外一名内地女孩一起开始了真正的实习生涯。

一个人既需要足以展现自己能力的平台，更需要足以发挥自己潜力的平台，而徐新所在的普华永道，不仅给了徐新专业坚实的知识，更为她提供了极大的提升空间。经历了多轮筛选、考核与审核，迎接徐新的是更加严苛的训练。她每天都要与数字打交道，不是简单地记录数字，而是通过一遍遍地强化，培养注册会计师对于数字的敏感度。

一个金额对于一般的会计来说，只要如实记录下来便好，但对于注册会计师来说，在看到一长串数字的第一眼就要做到能将其简化为几千万、几百万的模糊数值，这样才具备成为一名合格审计员的资格。

磨炼使人痛苦，但也能让人更好地抓住机会乘风而上。1993年7月，随着改革开放大潮的迅猛发展，青岛啤酒在香港联交所挂牌上市，内地的企业从此踏出境外上市的第一步。

随着国有企业艰难的股权改革，H股开始了缓慢却注定高调的发展。

H股也称国企股，是指注册地点在内地并在香港上市的中资企业股票，因为上市地在香港，所以取香港的英文HongKong首字母H命名。虽然经过起伏与整改，但在青岛啤酒后还是有数十家公司在H股成功上市。

国家经济的繁荣也为徐新带来新的机遇，作为为数不多的内地人，徐新终于得到公司的重用，从实习会计师成为针对H股国企的总协调人。

"中国人的发展，还是靠我们祖国。H股的推出一下子使得我们如鱼得水，我们的语言占优势，我被聘请为总协调人，可以参与重大谈判，后来的进步就很快了。"

从此，徐新开始介入公司的主流业务，她的工作内容也变得丰富起来，每天查看企业财务状况、核对报表，为收购以及兼并进行财务调研。她变得更忙了，从之前熬到半夜，到后来每天只能睡几个小时。

面对高强度的工作，徐新从不叫苦，她从来没有忘记现在的生活是自己主动选择的结果。用积极的态度和毫不松懈的努力，她在普华永道工作了整整3年。

3年时间里，徐新通过了CPA共计18门专业课考试，成为注册会计师，她的实习工作也圆满结束。

在普华永道，她是一名审计会计师，面对企业，她只能从财务的角度切入企业核心，去分析企业的生意模式、经营风险、利润滚动等量化指标。长期的训练，让她习惯了用这样的视角去审视一家企业，结合小时候在父亲那里学到的管理知识，徐新能发现的问题远比一份审计报告要复杂深入得多。

可是，她最后能完成和提供的，也只不过是一份审计报告，即从财务角度去定位和评判一家企业，然而这样的模式，渐渐让徐新感到无法满足。

也许有人会认为，徐新的表现是喜新厌旧，一旦对某个行业熟悉起来便失去了兴趣。其实，她渴望的不过是挑战性。当她从一个行业菜鸟变为行业精英，当之前让她焦头烂额的业务变成信手拈来的日常，徐新就会将目光投向更远处。

她总在不断寻找新的发展、新的挑战，在自己的人生道路上不断迈进，并享受着这份奋斗不息的快乐。

在普华永道的实习期结束后，徐新的上司推荐她去百富勤公司的直接投资部面试。凭借着干练的作风，徐新给面试官留下很深的印象。面试结束后仅仅过了几个小时，百富勤便向徐新发出了录用通知。

徐新从此一步踏入投资行业，用她自己的话来说便是——从此一挥手，她开出的都是千万美元的支票。

第二章

投资初体验

香港，风暴中的辉煌

告别了实习生涯，徐新加入的百富勤公司也同样是行业中的翘楚。

百富勤创立于 1988 年，成立初期便得到李嘉诚、胡应湘等事业大亨的协助，百富勤的创立者梁伯韬先生更是被人们誉为"红筹之父"，对在中国境内注册的公司并在境内上市发行的 A 股起到了极大的推动作用，因此也有很大的社会影响力。1996 年 8 月，百富勤在内地上市，认购额高达 1200 多倍，是真正意义上的超额认购。

徐新加入百富勤时，正值公司最为风光的阶段，百富勤不仅是最成功的港资投资银行，更是港资投资银行中唯一能与华尔街金融巨头一决高下的银行，公司在香港以及东南亚各国进行投资，收益巨大。

徐新加入的是百富勤的直接投资部门。直接投资是一种投资方式，指投资者投入资金开办工厂或开设店铺，直接从事经营，或是投资购买某个企业的股份，得到对这个企业经营上的控制权。这种投资模式中，直接投资者与企业之间存在着长期的利益关系，投资者对企业的经营管理也有着极大的影响。

当时正值20世纪末，包括百富勤在内的大批资本流入东南亚地区，带动了这些国家和地区的发展，但也催生了飞速膨胀的泡沫经济，实体经济的发展速度远不及GDP的增长，因此也埋下了巨大的隐患。

1997年，国际金融巨头索罗斯率领旗下量子基金在极短的时间内通过卖空，让泰铢急速贬值，从7月到10月，马来西亚、印度尼西亚等国相继受到冲击，货币急速缩水。

10月，作为亚洲金融中心的香港刚刚回归祖国3个月，便连续遭受三波攻击，经济上受到极大冲击，但在中国政府和香港特区政府的回击下，港币没有大幅贬值。

1998年8月，量子基金再次对港币发动攻击，迫使香港特区政府提高利息率，希望将香港变成炒家的"超级提款机"。这场金融风暴席卷了香港各个领域，徐新身处金融业中最为敏感的投资行业，自然凭借对数字的敏感察觉到汇率的异常。

最终，香港特区政府力挽狂澜，而国际炒家损失了数百亿美元，以撤出香港的行动宣告了他们的失败，但是，百富勤也在连续的风暴中倒下了。

早在1997年，印度尼西亚被索罗斯攻击后，百富勤在印尼的投资便遭到重创，账面损失高达10亿美元，形成高达100亿港币的资金缺口。为了筹集资金，公司高层一度四处奔走，终于在当年11月与瑞士苏黎世集团谈成入股协议，资金困境得到暂时的缓解。

可是，随着金融风暴席卷中国香港地区、中国台湾地区、韩国和日本，东亚彻底沦陷，"亚洲经济将全面崩溃"的谣言四起，苏黎世集团因此也取消了入股协议，抽走了百富勤釜底最后一根薪火。

1998年，百富勤宣告破产，徐新则凭借多年的工作经验加入了霸菱投资。

有能力的人绝不会因为一个平台的消亡而湮灭踪迹，虽然金融危机影响了整个行业，但徐新没有选择逃避，她留在了风雨飘摇的金融界。这里既有机遇，同样伴随着挑战，她喜欢这样的人生，也享受拼搏的快感。

徐新加入霸菱投资时，亚洲金融危机不仅没有结束，甚至还在不断恶化。由于当时的形势过于恶劣，霸菱投资只批给徐新2500万美元用于投资，剩下的钱她只能自己筹集。可是，在当时的情况下人人自危，很少有人愿意出钱进行风险投资，毕竟这种投资即便是在繁荣时期也可能面临着投资失败甚至血本无归的风险。

一开始，徐新几乎无法展开工作，就连站稳脚跟都很艰难，但很快她凭借敏锐的洞察力找到了新的策略，她没有过分追求数额庞大的资金，而与另一位管理者共同努力，将资金总额筹集到5000万美元时，她便停下来，直接进行投资。

虽然这笔资金对于投资来说并不充足，但也是不容错过的机会。

风暴面前，人们关注的大多是风险，却很少有人瞄准机会，凭借在普华永道实习期间积累下的丰富经验，徐新极为敏锐地意识到，金融危机虽然让筹集资金变得异常困难，但很多公司的股价在风暴中大跌，就连曾经高不可攀的跨国大公司也是如此，只需要投入少许资金就可以顺利介入。

对于投资者来说，在市场整体低迷的形势下，以极低的投入换取高额回报，很显然是一次千载难逢的机会，徐新唯一要做的便是做出正确的判断和选择。

金融业能够在香港繁荣起来，不仅因为香港曾是英属殖民地，更因为其独特的地理位置，能将整个东亚、南亚市场连接起来。身在香港，徐新更是借助了当地优势，以香港为圆心在周边地区对各个公司的项目进行反复分析和筛选，想找到合适的投资项目，用手中那笔不大的资金，创造更大的利益空间。

有心寻找机遇的人,可能暂时没能找到机遇,但是只要有合适的机遇出现,他们绝不会放过。当时,徐新的一位同事正在印度从事基金管理工作,对方推荐了一个软件外包公司的项目。

在世纪之交,IT行业不过是才起步的新兴行业,这让很多投资者望而却步,不敢涉足。

别人不敢,徐新却敢。从企业管理的角度上分析,IT公司属于劳动密集型产业,拥有众多技术工作人员,很适合在人口密集的亚洲地区发展,外包公司的成本又很低,业务稳定。更重要的是,IT行业属于高科技领域,不仅利润很高,还能与欧美地区的公司对接项目。

对于金融不敏感的人,也许意识不到与欧美地区的公司对接的好处,但徐新心里清楚,欧美地区的公司受金融危机的波及较小,持有汇率稳定的美元等货币,与这些公司直接对接,IT外包公司的收入就不会因货币大幅度贬值造成极大损失。

1998年,与美国硅谷联系密切的印度便将IT外包的项目全部包揽回来,同事推荐的公司更是在金融危机中干得如火如荼,与很多美国大公司和欧洲公司保持着合作。

在风暴中的选择一定是慎而又慎的,但徐新还是决定与同事合作向那家IT外包公司注入资金,拿到公司55%的股权,实现了绝对控股。

短短 3 年过去，这家公司果然越做越大，徐新的慧眼和胆识也让她的投资收益翻了 6 倍之多。

除此之外，徐新还投资了中联系统，这是香港地区的电脑服务商之一，由于资金短缺，加上多家银行准备撤资，让公司岌岌可危，关键时刻，徐新投资 350 万美元，并与中联高管一起说服各家银行放弃撤资。

当中联系统顺利地度过金融危机之后，徐新曾经的雪中送炭也得到了丰厚的回报。两年时间里，她投资的 350 万美元翻了 10 倍，高达 3500 万美元。接连两次堪称大胜的投资，为徐新后来的风投之路打下极为坚实的基础，也让她在 IT 行业中走得更深更远。

一场金融危机，仿佛在不经意间成就了徐新的风投事业；经历了之前种种磨炼，敏锐而果断的徐新在金融危机的风暴中"吹尽狂沙始到金"。

这一切是偶然，也是必然。对于徐新的人生来说，金融危机的出现是一个偶然，在这场浩劫来临之前，徐新根本不会想到自己有生之年会处于如此强烈的风暴中心，遇见如此多的机遇，但这一切的结果却又是必然的，多年来的努力拼搏、不惧挑战，注定了徐新能在任何时候、任何地方不断完成事业的飞跃。

民以食为天

在金融风暴中向 IT 行业的投资，的确是徐新向风投行业迈进的一大步，但那两个项目却不是她的第一份投资。

1994 年，当徐新还在普华永道实习时，她就把目光投向了中国内地。当时全国都处于经济改革的变动之中，投资机会俯拾即是，但如何能在众多项目中找到真正有潜力的那一个，考验的是投资人可靠的眼光，更考验投资人敏锐的嗅觉。

1994 年 7 月，淮河上游下暴雨，为了泄洪，颍上水库被迫开闸，将几个月的蓄水放出，却意外导致淮河水质恶化，鱼虾丧生。这些水虽然经过下游自来水厂的处理，但居民引用后仍然出现恶心、腹泻、呕吐等轻微中毒症状。

因为情况紧急，淮河沿岸的水厂被迫停止供水，导致上百万居民出现了饮水问题。而此时，娃哈哈董事长宗庆后却看到了新的机遇。

此时的娃哈哈是一家生产儿童果奶的新生品牌，经过"淮河水污染事件"，宗庆后将目光投向了纯净水产业。在对美国进行的商业考察中，宗庆后对航天员使用的"太空水"产生了兴趣，因此他斥巨资引进研发技术与水处理设备，想要自行开发瓶装纯净水。

在人们的日常生活中，饮用水是不可或缺的必备品，徐新也认为这是巨大的商机。1995年，尚在百富勤任职的徐新为娃哈哈接洽到法国的食品饮料巨头达能公司，最终为娃哈哈争取到高达4500万美元的"巨款"。

除购买三条生产线，宗庆后将剩下的资金全部投向了市场宣传，娃哈哈纯净水还没有上市，资金便已经花完，了解情况的人都悄悄替徐新捏着一把汗。

不过徐新一向都相信自己的判断。她认为宗庆后是绝对值得信任的，他的眼光独到，提出"集中资源塑造大品牌"的口号，是值得投资的企业家。

事实证明，无论是宗庆后的选择和判断，还是徐新对宗庆后的信任，都是完全正确的。百富投资娃哈哈时，还没有人喝瓶装水，但很快娃哈哈便摆脱了单纯面向儿童的品牌印象，成为年轻、活力与时尚的代名词，就连宣传时的广告词"我的眼里只有你""爱你等于爱自己"也成为家喻户晓的热门歌曲。

虽然后来与达能关系破裂，但娃哈哈还是成了中国饮料行业乃至食品行业的巨头，为百富勤创造了巨额回报。

1998 年，长江流域暴发洪水，纯净水的市场扩大了，但竞争也变得越发激烈，为了在新的形势下再创突破，宗庆后提出了"非常系列"。

此时，可口可乐和百事可乐已经进入中国市场 20 年，但为了追求高利润，这两家饮料巨头企业都放弃了农村市场，专注于向大城市终端进行分销。娃哈哈的"非常系列"正是在这样的环境下推向了农村市场，一路高歌，几乎没有遇到对手。

从此，人们知道了"中国人自己的可乐"，农村的消费者们还不清楚什么是可口可乐，却已经知道了非常可乐。

2002 年，"非常系列"碳酸饮料产销量 62 万吨，百事可乐在中国也只有 100 万吨的份额。2003 年，非常可乐形成了系列，推出"非常柠檬""非常甜橙"等产品，之后又向茶类饮料、功能性饮料系列迅速发展。

回忆起自己与宗庆后的合作，徐新对宗庆后的策略大加赞赏，曾经的娃哈哈公司只生产果奶，得到投资后收入每年都翻一番，到 2013 年销售收入已有 13 亿美元。更重要的是，作为一名本土企业家，宗庆后完全领会了"农村包围城市"

的经验真谛，这是外国企业家很难认识到更难把握住的中国特色。

徐新对娃哈哈的投资以两位数的投资回报率宣告成功，因此她也对中产阶级产生了极大信心，因为中产阶级数量庞大，既能推动潮流，又有很强的消费能力。因此，除了娃哈哈，在收益巨大的中产市场中，徐新还投资了永和大王。

在徐新看来，风险投资首先要投的是行业。进入霸菱投资后，她一直瞄准餐饮市场，却迟迟没有找到合适的目标。直到1997年，李嘉诚考察永和大王并投资200万美元、持股1/3的消息让徐新注意到这家中式快餐企业。

早在1995年，永和大王在上海开设了第一家门店，主打食品为中式传统的豆浆和油条。因为符合中国人的口味，仅仅用了两年时间便开设8家分店，利润不断增加，也引来李嘉诚的投资与支持。

事实上，中国的餐饮行业尤其是快餐业在国内的发展一直很缓慢，国外很早便出现了中餐快餐企业，但作为发源地的中国却一直缺少属于自己的中式快餐，先后出现的一些中式快餐比如荣华鸡、红高粱等也在几年艰苦创业之后销声匿迹。

因此，在得知李嘉诚投资永和大王后，徐新对永和大王进行了极为详细的调研。她坚信，能够吸引李嘉诚投资的产业必然有其独到之处。

徐新的调研经过了漫长的9个月时间。她一向是果断的人，这次却对于自己感兴趣的行业和企业迟迟没有动作，因为调研结果告诉她，之前夸下海口说"稳赚不赔"的永和大王一直在连续亏损中。

虽然在李嘉诚的支持下永和大王扩张迅速，在各地开设分点，账面却开始赔钱，收入锐减，支出变高，根本没有盈利。

永和大王以及它背后的中式快餐市场让徐新感到商机无限，但永和大王在李嘉诚的投资下依旧亏损的情况却让她有些犹豫。之后她又进行了长期调查，发现了永和大王利润变化的关键。

这一类连锁店必须有一定规模才能盈利，比如日本著名的某便利店要开设500家才能盈利。就连肯德基也是如此，如果不能在某个区域开设70家，也一样会亏损，而永和大王需要的数量是50家。

存在的问题并不可怕，只要能发现问题，就一定能找到解决办法。摸清了永和大王连续亏损的根源，徐新做出了一个令很多人吃惊的决定——投资正在亏损中的永和大王，而且是一次性投资600万美元。这无非是一种"烧钱"行为，不仅如此，投资后不久，因为收效不明显，徐新又追加了

500万美元的投资。

这1100万美元让永和大王的门店数量迅速增加，可是依然没有盈利。虽然能勉强发放店员工资，维持正常运转，但几年间得不到一分钱分红收益的股东已经开始抱怨起来。

坚持了几年之后，就连李嘉诚也对盈利不抱希望，撤资离开了。而永和大王的董事长林猷澳也开始怀疑自己的经营方式，考虑将成本较高的直营店变为加盟店。

这个方案遭到了徐新的反对，加盟经营的确可以更快赚到钱，但因为中国在特许加盟店方面的法律尚不健全，参差不齐的合伙人很可能会毁掉品牌。

就这样，徐新选择了继续苦撑，到2001年年底时，永和大王的累计亏损已经高达5000万元人民币。

只要方向和路线是正确的就会有收获，只不过有些收获来得晚一些。2002年，徐新的坚持终于迎来了曙光，永和大王在那一年里扭亏为盈，获得了8000万元人民币的利润，从此迎风逆袭、"起死回生"，在快餐业市场中站稳脚跟，真正发展壮大起来。

2004年，永和大王85%的股权被菲律宾华侨创立的快乐峰集团正式收购，收购金额2250万美元，徐新也正式撤出永和大王，赢得了比投资额高数倍的丰厚回报。

从饮品做到快餐，徐新将"民以食为天"的原则发扬到最大，同时也以自己独特的眼光牢牢锁定中产阶级市场。尚未开始的时候无比慎重，投入资金后坚定不移，这便是徐新，有着敏锐与魄力，更有着无比坚定的信心和坚持下去的勇气。

网易，地狱的烈焰

每个企业家的成功背后，每一段奋斗的路上，都能看到清晰的脚印，徐新却不同。

作为一家家企业背后的投资人，企业的发展不能算作她的成就，只有巨额的投资收益能证明她的价值，而在这背后，是一次次的观察与分析，是对每家企业从财务运作到经营管理的全方位定位，是对每家企业当时的情况、所处环境以及可能取得的发展的认识和预判。

如果说在市场这盘大棋中，每家企业都是相互博弈的棋子，那么徐新便是身处棋盘之中却置身拼杀之外的助推手，选出自己认为最有竞争力的棋子，注入资金并将其推向行业高峰。

因此，她成为一股背后的力量，所有成绩都体现在企业的发展与回报中，这让很多人忽略了她敏锐的判断力和在投资方面的分析能力。

一个优秀的企业家总是具备着极高的商业直觉，他们绝不会停下前进和扩张的脚步，而优秀的投资人则需要能发现和找到拥有商业直觉的企业家。在这方面，徐新有着堪称"杀手"一般的直觉。

也因为这样的直觉，让徐新在 IT 和网络新行业中越走越远，并与网易相遇。

早在 20 世纪中期，欧美便发起了第三次科技革命，进而推动日本等亚洲国家的经济腾飞，诞生了"亚洲四小龙"等经济体，最后才影响到中国内地。

20 世纪 90 年代，当改革开放在全国范围内展开，美国已经开始建设起"信息高速公路"，中国也提出了工业经济与信息经济两手抓的政策方针。

无论是在百富勤还是在霸菱，徐新都一直对"中国本土中小企业"非常青睐，除了怀着对本国企业的扶持，更因为本土中小企业的确有极大的发展空间。

作为一名投资人，徐新时刻都在关注市场与企业的动向，因此她对经济的组成部分也了如指掌。随着改革开放与股分制改革的推进，原来占 80% 左右的国有、集体和政府企业比例下降到 40% 左右，而民营企业的发展速度越来越快，中国当时有近 3000 万中小型企业，并且贡献了超过一半的国民生产总值，这其中就有紧跟时代浪潮而兴起的网易、盛大传奇等网络公司。

随着民营企业的蓬勃发展，为了改变中国"世界工厂"的廉价劳动力地位，以追求"智慧的大脑"、追求"中国智造"为目标的网络时代开启了。

1997年6月，丁磊在广州创建了网易公司，一开始公司业务以软件为主。1999年，随着形势不断发展，丁磊将网易搬到了北京，做起了门户网站。

这个消息曾让网易的人气暴涨，但人气不代表资金，连续3个月的时间里，网易几乎没能融到一点资金，而多年兄弟陈磊华也因为在公司转型问题上与丁磊产生分歧，离开了网易。

徐新正是在这样的情况下见到了丁磊。没有资金，缺少支持，本该萎靡的丁磊却依旧信心满满，在他看来这种情况非常正常，他没有留学经历，没有好的管理队伍，公司收入不足100万美元，自己在融资问题上缺少经验……

丁磊对自己的处境很清楚，但同时他又相当自信。他告诉徐新，网易是"行业第一"，徐新被他的自信打动了。从丁磊的这份自信里，徐新看到了上进心，这让丁磊的自信不再是吹牛，而变得很切合现实。

徐新对整个行业进行过调查，按照数据分析，网易当时稳居行业第三，但他有信心将第三的事实改写为"行业第一"。

作为投资者，风险与收益永远是最重要的考虑因素，徐新清楚，网络行业只有大起或是大落，但这也是一个创业的好机会。新兴行业中，还没有出现独占鳌头的大企业，对于每个新兴企业来说，机会都是均等的。

1999年12月底，经过详细考察，徐新以占据公司10%股份的资金正式注资网易，丁磊则开始做上市前的各项准备。

2000年3月，丁磊卸下CEO职务，出任网易公司联合首席技术执行官，他提出了"虚拟社区"的概念，并以"网易个人免费邮箱"为招牌产品，利用"网易通行证"将网易相关的所有服务整合到一起。

一系列的改革、升级与创新，为网易带来极高人气，终于在2000年6月23日晚23时，网易在美国纳斯达克正式上市。

上市当天，网易股票便跌破发行价，虽然最终实现了1亿美元的融资，但这种堪称"流血上市"的情况，让业内很多人都在怀疑网易的策略是否真的正确。

不过，作为真正利益受损的投资人，徐新并没有丝毫动摇，因为这不过是一个开始。

商场是没有硝烟的战场，在利益面前，即便是前一天同在一个战壕的战友，第二天也可能做出落井下石的事，在企业举步维艰时撤资走人的情况不乏少数，但在网易最困难的时候，徐新对丁磊依旧保持信任。

很多时候人们看到的是数据，听到的是传闻，却很少有人知道背后的艰难。

纳斯达克指数从2000年3月开始便持续"跳水"，网易上市后情况也没有好转，到那一年的9月，半年时间里纳斯达克指数（美国纳斯达克股市价格的重要指针）从5100点跌到1088点，被人们称为"互联网寒冬"。

新生的网易遇到行业的寒冬，更是岌岌可危，先后经历4次停牌警告，到处都在传言"网易将被收购"。2001年9月的停牌，更让网易内部人事变动，曾经在十多天里"创收100万美元"的张卜凡被搜狐公司挖走，公司人心惶惶。

每次开董事会总是要花费四五个小时，总伴随着喊叫和吵骂。当股东在董事会上要求卖掉游戏业务时，徐新站出来反对，当时很多投资者都走了，只有徐新在坚持，她看着那些和她一起注资进入网易的人离开，看着网易的团队成员离开，看着丁磊在各种压力和传言中逐渐心灰意冷。

在徐新看来，身处低谷的好处在于不可能更坏，只要坚持向前走，就会走上通往天堂的路。她信任丁磊"杀手"一般的直觉，信任丁磊能看到别人没看到的先进的商机。

停牌一个月之后，丁磊迎来自己30岁生日，徐新在香港为他庆生。顶着巨大的压力，两人没什么胃口，闲聊中徐新问丁磊为何而立之年还不结婚，丁磊却告诉徐新，他一生只有两个梦想——建立中国最成功的门户网站以及帮股东赚到钱。

正是这样的责任感，让徐新更笃定了丁磊是值得信任、值得"长期持有"的。

这样的精神被徐新称为是"企业家精神"，在创业和发展的道路上，困难不可避免，重要的是能否在困境中坚持下来，能否走出低谷，永不放弃地不断奔跑前行。

正是在丁磊身上，徐新看到他对股东的责任感，对企业的责任感。一个优秀的企业投资人，不仅会提供资金，更会在企业的重大问题上参与决策，因为企业的发展便是资金的发展，企业的盈利便是投资回报的增长。

所以，当丁磊想把网易整体出售给台湾奇摩公司时，徐新劝阻了他，虽然对方的公司规模是网易的10倍，但徐新还是劝丁磊将目光放长远，因为大陆的市场比台湾大得多，更何况出售后丁磊便成了员工，而非管理和决策者。

在徐新的劝说和鼓励下，丁磊坚持了下来，徐新也坚持到最后。

过完生日，丁磊便前往杭州参加了IT高峰论坛，曾经与互联网相关的业务几乎都是免费的，丁磊与搜狐、新浪、阿里巴巴等几名互联网"巨头"面临的最大问题就是除了网络广告，互联网还能如何赚钱。

各家公司都推出了不同的举措，而丁磊推出了收费邮箱。那段时间里，丁磊每天工作16小时以上，一半时间都在上网，处理数十个邮箱中的上百封邮件。单是《基业长青》这本书他就看了整整三遍，并要求公司员工都读。

拼命学习，不断寻找出路，努力让业务变得多元化，网易终于在2002年初迎来转机，终于在纳斯达克恢复了股票交易，在互联网的"寒冬"中存活下来。

时代在飞速进步，竞争对手也在进步，刚刚复生的网易根本没有喘息的机会，丁磊前往美国进行调研和学习。他发现就连雅虎公司这样的网络巨头收入的主要来源也是在线广告，直到有一天，一次偶然的机会他前往游戏厂商EA参观，让他有了新的想法。

在美国，在线游戏早已是成熟的市场，在中国却是全新的产业。丁磊如获至宝，回国后他将网易的工作重心转向了在线娱乐和无线互联，开启了电子游戏业务。

2001年年底，网易推出《大话西游》，之后是引进韩国全3D技术的《精灵》。那时有无数类似的免费游戏，以收费游戏与免费游戏竞争，风险可想而知。但凭借精准的定位，牢牢立足于"多角色扮演网络游戏"的开发与运营，网易最终率先走出"寒冬"，第二年便实现了盈利。

业绩大幅度增长，带动了市场趋势的变化，网易股价一路攀升，丁磊如释重负，更喜悦不已，他给徐新打电话报喜："你看股价，你们赚钱了吧……我希望我不是你们投的中国企业家中最差的一个。"

"不是最差的一个"，虽然满含喜悦，却也在不经意间流露出辛酸，暴露出丁磊曾经的压力与彷徨。

之后，网易的股价一涨再涨，曾经最低时是 0.6 美元一股，如今却高达 36 美元每股，丁磊也戴上了"中国首富"的桂冠。

2004 年，徐新进行套现，收益达到投资的 8 倍之多。丁磊之前说过的两个梦想已经实现，但他又有了新的梦想——网络游戏拥有 50% 的市场占有率，免费邮箱拿到 65% 的市场占有率。

就这样，丁磊在短短几年内经历了极为剧烈的痛苦，并从这种痛苦中爬出来，网易也像从地狱中归来一般，以极强的生命力和抵抗力浴火重生。事实再一次证明，徐新没有看错人，而她在最艰难的时刻选择与网易患难与共，也让她成为这场投资中最大的赢家。

第一次做董事长

徐新与互联网的缘分是从投资网易开始的，和其他风投者不同，她甚至投下了自己的血汗钱，互联网泡沫破裂时，她咬牙坚持下来，不仅因为信任网易的丁磊，更因为她对网络经济的判断。

徐新这样的风投者，也被人们称为"天使投资人"，这样的称呼听起来很好听，但也有人这样形容他们："要么是家人或朋友，要么就是傻瓜。"

因为，若不是家人或朋友，若不是傻瓜，谁会冒着风险将自己的资金投给你？特别是投资给一个创立没多久的企业，成为"天使"本身就需要极大的勇气，但徐新却有着坚定的信心，对于敢投入自己血汗钱的行为，徐新只是说："我相信这个事，相信他这个人。"

这样的直觉和坚持，让徐新在网易这个投资项目上一举成名，很快，她又以天使投资人的身份投资了中华英才网，并担任董事长，这是她第一次成为一家企业的董事长。

投资中华英才网与网易几乎是同期进行的，换句话说，在网易深陷"互联网寒冬"时，中华英才网也同样耗费着徐新的精力、财力。

对中国互联网来说，1999年就像坐过山车一样，年初繁荣，之后急转直下，很多投资者都摔得很重。徐新的情况也并不乐观，网易公司那一边，丁磊占据大额股份，压力尚有人分担，但在中华英才网这一边，她是董事长，她的头上始终悬着一把剑。

1999年的中华英才网不过是一家小网站，公司只有一间小小的办公室，5名员工中有两人是临时工，几乎没有盈利，只依靠免费的服务增加人气。徐新最初的投资目标也并非中华英才网，而是另外两家企业，但在考察期间，徐新发现这个小公司竟然能被另外两家大网站视作主要竞争对手。

事出反常必有妖，徐新敏锐地意识到，中华英才网除了免费服务，一定还有她不知道的"本领"，才能在业界被人留意。为此，徐新接触了中华英才网的创始人张杰贤，不过她对对方交出的商业计划书并不满意，虽然对方用了很长时间来做这份计划书，但最终也只有两张A4纸的内容。

这实在不像是一个有潜力的企业应该具备的模样。体量很小，只有流量，很难变现，霸菱投资对此并不怎么感兴趣，可是，徐新发现问题恰在流量上，就像百货商店的大门并不收费，但客人进入商店会买东西，有了人流才有销售。而在互联网行业里，这样的流量恰是能够盈利的宝贵资产，被人们称为"眼球"。

不过，"眼球"能够盈利，却不代表"眼球"等于盈利，但中华英才网特殊的商业模式，即新兴的网络招聘模式比门户网站更具优势。

在其他门户网站需要花费高额成本，雇佣编辑编写内容时，中华英才网却享受着无须制作内容的便利，应聘者填写上传的简历和招聘单位的招聘信息就是内容，公司不需要去洽谈，就能凭借求职者与用人单位之间的互动进入良性循环。

这个初创企业没有任何实力积累，除了"眼球"几乎一无所有，但只要能选择和开辟合适的商业模式，搭建更完善的平台，招聘双方的内容就会不断更新，带来源源不断的资金；同时扩大网站影响，吸引更多客户，形成更多内容资源。投入小收益大，与其他模式的网站相比无异于轻装上阵，前景自然极为广阔。

多次考察结束后，徐新拿出自己大半身家，投资500万元，成为中华英才网的董事长。从此，她的生活也变得忙碌起来。

原来在霸菱投资时，徐新的工作显得很悠闲，除了偶尔看看投资的几家公司情况如何，大部分的时间可以自由安排，比如出去旅游，再比如打高尔夫球。可是，当她将自己大部分身家都投进了中华英才网后，她便成了辛苦的董事长。不仅每天拼命工作，她还要担心自己的企业能不能在风暴中幸存，而当时的情况并不乐观。

有了徐新投入的资金和心血，中华英才网发展迅猛，转眼跻身中国招聘网站前三名之列。然而，好景不长，随着纳斯达克指数"雪崩"，中国互联网企业万马齐喑，徐新感到自己头上悬着的剑随时可能落下来。她和很多互联网人士一样，就算回到家也无法安心，一直想着要如何给员工、给股东交代，到了新的一周又继续去找资金。

当时中华英才网没有上市，因此员工并没有感到什么压力，更何况徐新的职业就是风险投资，他们理所当然地相信她能解决资金问题。可是，职业优势并没有让徐新这位董事长走得更加顺利，出去融资时，只要听到是互联网企业，对方连见面都不肯。

融不到资金，徐新自然压力巨大，在快要开不出工资的情况下，她依旧打起精神来对员工说："我们的前途是光明的，牛奶会有的，面包会有的，一切都会有的。"哪怕自己心虚，也要像小蟑螂一样拼命向前跑，争取跑在所有人前面，这既是徐新对丁磊的鼓励，也是她的自勉。

蟑螂的生命力极为顽强，因此能在世界上存活亿万年之久，徐新就这样顽强地拖着中华英才网等到了机会。

2003年，"非典"爆发，对于绝大多数人来说"非典"是一场灾难，但是这场灾难的确救活了一些行业，就像曾经的"淮河水污染事件"启发了宗庆后，而后生产出瓶装纯净水。"非典"的肆虐推动了招聘网站的发展，为了避免感染，网络招聘成为人们寻找工作、企业招人的主流渠道。

在这场意外的逆转中，中华英才网日均新增职位高达1740个，但相比于同类网站前程无忧和智联招聘，中华英才网的增长却不尽人意，甚至根本不在一个数量级上。

2004年，前程无忧销售收入为5800万美元，中华英才网却只有700多万美元，相似的模式，同样的机遇，却存在着如此巨大的差异，自然引起了徐新的注意。

将自身利益与企业利益绑定，让两者息息相关的投资者绝不会对企业的问题和困境隔岸观火，更不要说徐新已经将自己的身家投给了中华英才网。

在徐新曾经投资过的企业中，即便没有担任董事长，她也从未做过甩手掌柜，只要不干涉企业运营，她总是尽最大可能为企业的成长和发展出谋划策，如今，身为董事长的她更要为中华英才网负责。

正如徐新一直以来奉行的那样，她希望自己时刻生活在一种有进步、有创造的状态中，从投资者到董事长，徐新经历了在企业外部提供建议到管理一家企业的全部过程，无论是在事业上还是生活上，她从未停止前进。

从成为中华英才网董事长的那天开始，徐新便担负起了整个企业的未来，也正是中华英才网，让她自小与父亲探讨学习来的经营和管理知识，在多年后有了真正的用武之地。

在"中华英才"初涉管理

为了让中华英才网的运营真正走上正轨，徐新决定寻找一批更为优秀的管理者。

之前投资永和大王时，她便帮创始人找来了地区总监、行业部门总监等职位的人才，由于对方对薪资的要求比较高，徐新甚至与永和大王共同分担了这些人的试用期薪水。

> "我觉得光是投钱，而不帮助企业家也是不行的，还得帮助企业家一起成长，比如说把合适的人招进来。我们会花很多时间帮企业家招人。"

到了中华英才网，徐新是董事长，尽心尽力地寻找合适的管理人员也成为她的责任和义务。最先寻找和更换的便是

CEO。

事实上，徐新并不愿意更换企业CEO，在她看来，一个企业最好的状态就是由创始人出任CEO，因为更换创始人会为企业的运营和管理带来很大风险，因此能从头做到尾才是最好的选择。但是，中华英才网不具备这样的条件，更换CEO势在必行。

以前，徐新是以投资者的身份考察企业的掌舵者，如今要她自己寻找人选，考虑的因素自然比考察时还要多。多次筛选后，徐新将目光落在两个人身上，中华英才网的CEO将从他们中间产生。

为了评估两人对企业情况的判断和把控能力，徐新提出请两人对公司进行全面了解，并提供管理咨询；4个月的时间，酬金30万元，现场考察、书面资料评估或是与相关人员沟通均可，唯一的要求是深入地了解。

徐新的要求很实际："把中华英才网最好的，尤其是最不好的全部给我们查一遍，查完以后你们思考有没有信心做好。你们别只听好的，听我吹，你们应该去看那个最不好的、最困难的。要是你们来做，你们能做成什么样子？"

只用了很短的时间，两个人便对企业情况做出了判断，徐新也提出了最后的筛选条件。

"我有三个条件：第一，把你的钱放进来，身家放进来；第二，我们不相信多元化，做中华英才网就要一心一意做，原来公司的股份也得退掉；第三，工资的话我们不会开得很高，因为企业文化就是低成本运作，要给你开 100 万元的工资，那企业文化就改了，就做不好了，但是我们会给你很多股份，会赚很多钱，这点可以放心。"

如果说之前是对企业管理者能力的考核，徐新最后的几点要求，就是在考量对方的态度，看对方是否有毅力有决心接过中华英才网的大任，是否愿意全力以赴地为一家企业的发展而奋斗。

很多时候，除了能力，管理者的性格因素往往也能决定企业能否在困境中生存。面对同一个要求，两位实力相当的精英管理者却做出了完全不同的选择。

其中一个人学历很高，管理能力也非常棒，但他一开口就提出 30 万美元年薪的要求，而且每个星期都要回香港去。

徐新的性格一向直爽，听到这样的要求自然不同意，她说："你每个星期顾着下班回香港，员工还不溜得更快呀？"

回忆起当时的情况和两人的讨价还价，徐新这样说："他毛也不肯拔，还整天问我上市的事。我对他说，公司上市只不过是个里程碑，也可能上不了市。你别一到上不了市时，就拍屁股找另外一份工作，那我们这帮股东怎么办，我们员工怎么办？如果用百分制来衡量公司运营的话，我们已经做到70分了，这70分栽到你手上，那多惨啊！这家公司我们投入了很多心血，你也要投入心血。我们把所有的鸡蛋都放在一个篮子里，才没有后路可退。"

徐新的想法无疑是最适合一家企业稳健发展的，但并不是每个人都像她一样，因此，这个人与中华英才网擦肩而过。

而另一个人却卖掉房子，将卖房子的钱作为投资，并关闭了自己的咨询公司，将身家放进中华英才网，拿到了15%的股份，成为新的CEO。

2004年，中华英才网新的CEO、华为人力资源部前总监张建国走马上任。

一个"空降"的CEO就拿到高额股份，这让很多股东感到不理解，但徐新认为，优秀的CEO带来的是全新的企业文化和强大动力，就像是一台精密机械的核心，为了让机械运转，更换核心之后甚至要更换那些无法与核心适配的部件，相当于整个企业都进行了调整，因此，CEO的选择才要更加慎重。

一个好的CEO，要有敏锐的直觉和领导才能，要有事业心，懂得销售甚至是销售出身，具备个人权威、凝聚力和企业家的魅力，才能在可能面临的困境中获得员工的信任，确保企业执行力，避免内耗。

在徐新看来，中国的创业者除了在国外长期工作、经验丰富的"海归"，便是本土创业者。

"海归"管理者，比如一切熟悉中国市场的跨国公司中国区经理，不仅有经验还有人脉，融资较为轻松；本土创业者对中国市场更为了解，但无论是对国外的先进模式还是积累的人脉都不如"海归"，而徐新依旧对这些本土出身的高管很关注。

从企业初创到最终胜出是一段很漫长的道路，起跑时具备优势并不一定意味着最终的胜利，就算有天使投资人，企业能上市的概率也只有五分之一。"海归"高管人员的确拥有专业精神，但因为一直担任执行者，导致商业直觉与决策力较弱，同时他们对薪资的要求却很高，导致企业成本增大。

事实上，徐新在没有担任中华英才网董事长之前，曾经拒绝给一些"海归"高管进行创业投资，对这些人，她甚至直接采用"第一次创业不投资"的策略。事实证明，徐新的判断没有错，很多高管的第一次投资大多失败，因为他们不能完全放下身段去适应中国市场的特殊环境。

徐新曾经遇到过一个创业者，对方是跨国公司中国区高管，带着一大批人一起辞职创业，不仅有齐全的部门，有秘书、法律顾问，甚至还请了一位外国高管担任兼并部总裁。徐新几乎毫不犹豫地拒绝了对方，在她看来，这是一艘没找到方向的巨轮，因为真正聪明的创业者总是轻装上阵，先保证企业能存活下来再慢慢寻求机会壮大。

因此，她更重视中国本土企业家，认为他们更加务实，而张建国也没有让她失望。从华为走出的张建国不仅有着深厚的经验，还带来了著名的"狼性文化"。他不仅在中华英才网内部建设培训体系，还设置奖惩制度激励员工，很快培养出一支非常有战斗力的团队，中华英才网也就此崛起。

从 1997 年成立之初的小猎头公司的"附属物"，再到被徐新发现和注资，中华英才网经历了飞速的蜕变，足以与其他几家网络招聘巨头展开竞争。在激烈竞争的同时，也引来美国网络招聘巨头 Monster 公司的注意。

2005 年，Monster 公司的人来到中华英才网视察后，意外发现张建国的办公室极为简朴，但这也更体现出了整个企业和团队的风气。短短一个月时间里，中华英才网与 Monster 公司的合作协议达成，Monster 以 5000 万美元收购 40% 股份；又过了 3 年，中华英才网上市时，Monster 的股份扩大到 51%，但中华英才网依旧是独立经营，只是合作，不是附庸。

合作确定后，徐新也将工作重心转移到团队的发展方向和管理原则，整个团队还一同前往 Monster 公司参观学习。

Monster 公司是全球最大的网络招聘企业，分支机构遍布 25 个国家和地区，无论是在规模还是经验上都值得中华英才网去学习和借鉴。而 Monster 公司则看重中国数量巨大的人才市场，也因为与 Monster 公司建立了合作，中华英才网不再是中国的招聘网站，而是成为全球客户与中国内地企业、人才之间的枢纽。

此后，海外资本纷纷涌入中国网络招聘市场，中华英才网有了与 Monster 的合作，如虎添翼。

无论是在网站优化、审查流程还是后期跟踪反馈上，徐新都以自己敏锐的商业直觉为中华英才网做出了精准定位。面对一些不那么主动登录网站寻找工作的求职者，网站还开通了订阅职位服务，求职者将之前搜索过的职位信息保留下来便能定期收到邮件推荐，无须花费大量时间频繁浏览网页。

有董事长的前瞻性，有 CEO 的执行力，有团队的努力，有全球范围内的合作框架，中华英才网很快超越对手，打造了很高的品牌知名度，成为新时代的引领者之一。

这一次押下身家的投资，让徐新获得了高达百倍的回报，更成为真正意义上的"风投女王"，名扬业内，但这依旧不能成为她人生中最为辉煌、最为成功的战绩。

第三章

这世界总是让人先苦后甜

京东，一场超速的相遇

在大部分人的印象中，女人日常最关注的无外乎购物、美容等等，徐新却对这些话题没什么兴趣，从小她便像"野孩子"一样玩耍，长大后更是找到了自己感兴趣的事业。她喜欢与创业者们讨论企业的成长和发展问题，她总说投资人这个职业带给她很多乐趣，这些乐趣让每天长时间的工作变得非常有趣，丝毫没有加班的痛苦。

2004年，年近40的徐新已经创下耀眼的成绩，无论是网易、娃哈哈还是永乐大王，一个个案例都让她名声大噪，中华英才网更是让她实现了从投资者到董事长的转变，从此稳坐"风投女王"的宝座。

在这样的年纪，取得这样的成果，徐新完全可以坐享荣耀，然而这并不是她想要的生活。她喜欢有变化的生活，就像她从银行柜员成为注册会计师，再成为风险投资人，每当在一个岗位和角色上获得足够的成绩后，徐新都想要尝试新的挑战。

做了多年投资人，一直在背后关注和支持着创业者的发展，徐新也想换换角色，自己也做一个"创业者"。

2004年6月，徐新退出霸菱集团，不过她并没有赋闲，此时的她依旧是中华英才网的董事长，正为了中华英才网与Monster公司的合作忙碌着，甚至在2005年2月生下第二个儿子后不久便重新投入工作之中。

无论是学生时代还是工作之后，徐新都是一个很有计划的人，创业的想法在她脑海中盘旋了很久，在与知名投资品牌合作和创建独立的投资公司之间，她毫不犹豫地选择了后者。

虽然与投资品牌合作能让她更容易地拿到投资，但在开始的一段时间内很难独立，所以她宁愿直奔目标，选择融资困难较大的独立创业之路。

2005年9月，徐新创立了今日资本公司，合伙人一共有6人，除了徐新，俞忠华等3人在霸菱投资时就一直跟随徐新，还有中华英才网前CEO李明达和来自英联投资、拥有10年投资经验的温保马。

组建好团队之后，徐新做的第一件事就是召集合伙人开了三天三夜的会议，讨论今日资本的发展方向，也定下了投资领域和投资目标，比如要打造 8 个行业第一，要在平均持有 5 年的情况下实现 5 倍或 5 倍以上收入。

定好了目标，徐新便带着他们穿梭在世界各国，平均每天进行 3 到 4 次时长为一两个小时的演讲答辩，其中有一天，他们跑了 3 个国家，到最后一场演讲时几乎累得失去激情。

功夫不负苦心人，2006 年 1 月，他们获得 7000 万美元的第一期资金；到 10 月时，今日资本"中国成长基金"达到 2.8 亿美元。徐新也开启了自己的创业梦想。

"创业是一件很艰辛但非常光荣的事情，是证明自己的最好方法，所以我觉得每个人一生中都应该至少给自己一次创业的机会和经历。"

说到自己的创业梦想，徐新表示，中国市场的规模很大，创投业的发展空间也很大，她希望能打造一个完全本土的资本品牌，与中国本土创业者携手并进，共同创造更为广阔的未来。

正是在这样的情况下，徐新遇见了刘强东。

2003 年时，京东已经是一家拥有十几家店面的 IT 连锁店，但创始人刘强东的梦想很大，他希望京东可以成为像国美一样在全国拥有上千家门店的"IT Small Shop"。

可是，"非典"的爆发让他的梦想彻底破碎了，因为没有顾客出门，21天里他便亏损了800多万元，考虑到员工安全，刘强东不得不关闭了所有门店，暂时遣散了员工。

京东商城停摆了，但库存的货物该怎么办？刘强东为了将商品卖出去，带着员工注册了几百个QQ号，尝试线上推销，让他没想到的是，第一天就成交了6单生意。

这一次的尝试，在刘强东脑海里开启了一片新的天地。几个月后疫情缓解，门店重开，刘强东却依旧心有余悸，他考虑了很久，终于在2004年决定彻底关闭实体店，转型做电子商务网站。

这个想法遭到很多人的反对，当时京东的销售额和利润几乎全部是门店经营所得，用已经成型的市场去赌不确定的市场，简直不可想象。

但刘强东却不这么认为，当时随着阿里巴巴的发展，"阿里帝国"中的淘宝、支付宝纷纷上线，电子商务的未来初具雏形，就算从零做起，他也要将京东引向电子商务的康庄大道。

一年时间过去了，他们连货车都买不起，员工只能坐刘强东的那辆老款红旗车到中关村去批发商品。没有钱，京东根本无法扩大规模。

为了发展，刘强东从国内最大的彩色玻壳生产商安彩集团得到了500万元的投资，先期投入150万元。可是，刘强东还来不及高兴，安彩集团便因为自身失误导致破产，收回了先期投资。

正当刘强东无计可施时，经朋友介绍，他见到了徐新。虽然并不了解风险投资，但对于徐新的大名和她创办的今日投资，刘强东并不陌生。

徐新和刘强东见面是在一个晚上，他们从晚上10点聊到次日凌晨2点，刘强东甚至向徐新展示了京东的后台数据。

事实上，见面之前徐新已经对刘强东和京东进行了详细地调查，她很欣赏刘强东的经历，她回忆说："我花很多时间寻找那种'杀手级'的创业者。我第一次见到刘强东的时候，他的电脑上写着'只有第一，没有第二'。刘强东上大学时就开始创业，我觉得大学期间就创业的人，通常不是名利心驱使，而是他天生就是个创业者，而且大学创业的人第一要有点胆量，第二要管几个人，要有管理能力。"

京东的业绩每月都在稳定增长，广告投入得不多，客户却很多，潜力巨大，刘强东自己更是身先士卒担任了"头号客服"，他每天都会在网站上回复用户，一切亲力亲为。

4个小时的商谈过后，徐新直接问刘强东："你要多少资金？"

这是刘强东第一次接触风险投资，想到自己的企业规模尚小，他并不指望能要到太多投资，当徐新问他希望的投资额时，他试探性地回答道："200万美元。"

令人惊讶的事,徐新直接说:"200万美元哪儿够,给你1000万美元。"

他们见面后的确交谈甚欢,但刘强东就连做梦也没有想到,他们在口头上的协议就这样完成了。按照常理,投资人不会只凭借4个小时的交谈就决定投资,因此刘强东也做好了等待和煎熬的准备。

可是,性格直爽的徐新再一次出乎他的意料,她从来不是"一般"的投资人,看中了刘强东的性格,徐新便认定他就是"杀手级"的创业者。对于徐新来说,流程虽然重要,却没有投资机会意义重大,因此会谈结束后的第二天,她便邀请刘强东一起前往上海签订基础协议。

按照惯例,投资人通常要在签订了正式协议后才会开始投资,但徐新却笃定地相信刘强东是不可多得的良才,为了让他安心考虑京东的经营和发展,签完基础协议,徐新马上向刘强东提供了200万美元的首批贷款。

这一切在当时的刘强东看来,几乎是一场梦,经朋友介绍,只有4小时的商谈便争得了投资,24小时内便有投资资金入账……果断的徐新就像出手迅速的抢拍人,雷厉风行地选中了自己眼中最有潜力的京东。

就像是一场超速的相遇,在各种不按常规的急速操作下,徐新的今日资本成为京东的投资方。

女王的最佳战绩

能成就大事的人，必然有过人之处，这些让旁人惊讶的事，却恰恰体现了他们身上最出色的品质。

徐新毫不犹豫地决定投资，为京东雪中送炭。考虑到安彩集团之前投资过京东，为了稳妥起见，徐新提出要看京东与安彩集团签订的合同。出乎意料的是，这个要求被刘强东拒绝了，理由是合同必须保密，不能让任何第三方看到。

徐新担心的是京东与安彩集团的合同里有"卖身"性质的条款，影响投资。可是对于刘强东来说，之前与安彩集团签订的合同中苛刻的条款、相对更低的要价，都是他不希望让徐新看到的。在融资问题上没有什么经验的刘强东深知自己处境不利，在安彩集团破产之后，他只能尽可能地自保。

徐新当然明白刘强东的想法，她选择了信任刘强东，并提出一个两全的办法——由投资方律师查看合同，确认没有问题，同时保证今日资本绝对不会在事后修改投资协议的内容。对这个提议，刘强东欣然同意。

拿到徐新筹集的200万美元，刘强东归还了安彩集团的先期投资，员工的工资也有了着落，京东终于摆脱资金困境，快步走上转型之路。

除了投资协议，徐新还与刘强东签订了一个内部的"对赌协议"，刘强东保证在获得投资的前3年里实现业绩100%增长。有了这样的鞭策，刘强东的步子走得更快，他将资金投在各方面的建设上。3年过去了，京东的业绩实现了200%的增长。

在徐新的帮助下，京东在短短几年间从一个连会计都没有的小公司，一跃成为行业的领导者。不过，急速的扩张也让京东很快用完了第一笔1000万美元的投资。

当时正值2008年，随着美国金融危机的爆发，全球经济陷入低迷的状态，大量银行和企业破产倒闭，投资者们也都选择谨慎行事。正在扩张的京东急需资金建立属于自己的物流体系，刘强东带着团队不断寻找投资人，甚至不断让步降价，也没人愿意投资。

连续谈了50个投资人，依旧没人愿意投资，刘强东又急又怕，巨大的压力让他额前的头发变白了，但他仍然在拼命想办法。终于，京东与一个投资人谈好了合作，没想到在合同确定前夕对方再次压价，最终京东放弃了这笔融资。

对于自己认定的事，徐新从不迟疑，在其他投资者们不敢鲁莽行事的时候，徐新决定向京东追加投资。2009年1月，她向京东追加的2000万美元投资，是金融危机过后整个电子商务行业得到的第一笔融资，也让京东度过了最艰难的时期。

刘强东没有让徐新失望，京东物流网络很快建立起来，到2012年，京东在25个城市建设仓储中心，配送地区囊括360座核心城市，作为一家完全线上的电子商务企业，京东真正壮大起来了。

2014年初，京东开始准备上市，并在5月22日在美国纳斯达克挂牌上市，当日收盘时，京东的市值便达到260亿美元，成为仅次于腾讯和百度的中国第三大互联网上市公司。

上市后融到的资金，被刘强东用于开拓三线以下城市市场，升级金融技术，拓展国际业务。

随着时代的不断进步，京东也在不断完善自己。

京东最初依靠数码产品起家，但这类产品价格相对较高，且不能一眼看出是否有问题，因此很多用户不敢轻易购买，因此，京东增加了图书品类，虽然价格不高，但很少有质量问题，再加上斥巨资打造仓储物流的优质配送服务，很容易留住用户。

在京东的企业建设上，刘强东更是大刀阔斧。徐新最初投资京东时，公司还没有正式的会计，请来的财务总监的工资，也是由京东和徐新各自出一半的钱。很快，徐新便帮助刘强东招到了十多名高管，并向刘强东提出建立管培生制度的建议。

管培生即管理培训生，最早出现在外企中，是以培养公司未来领导者为主要目标的特殊系统，招收应届毕业生或是对毕业3年之内的大学生进行培训。

事实上，之前每投资一个公司，徐新都会提出这个建议，但是在所有公司中只有刘强东马上着手实施，正是这些管培生，后来成为京东发展道路上不可或缺的中坚力量。

强者遇见强者，若是竞争关系便势均力敌，若是合作关系便是强强联手，无论做出什么决策调整都觉得合拍，无论探讨什么发展方向都感到想法一致，徐新与刘强东也是如此。

从完全的实体门店，彻底转型为"纯线上"模式，其中有着刘强东的努力，也有着徐新的信任，在对电子商务模式的潜力和前景上，他们的看法一直很一致。

在京东迅猛发展的同时，徐新一直扮演着"幕后的支持者"。京东上市之前，她持有京东7.8%的股份，细算起来，那时她的投资早已获得超百倍的回报，只要抽身而退，她便能在获得丰厚回报的同时将风险降到最低。可她却说："我们会长期持有，不着急上市。即使上市，也会一直拿着。"在京东面临资金困境时她再次伸出援手,不仅救京东于危难之中,更是将京东成功扶向上市坦途,让自己与刘强东的个人财富激增,几乎可以说赚到了"几辈子都花不完的钱"。

凡此种种,都让徐新"风投女王"的名号越来越响,仿佛她拥有一双能看到未来的眼睛,每一次的投资都能"点石成金"。

对于自己在京东投资项目上的成功,徐新将它归功于自己的"专注",她说:"别的投资人一年投3个,我们可能3年才投1个案子。我们非常专注……我们花了很多时间在选'赛道'上。我们要找到品类的开创者。"

只有一个品类的开创者才有更大的竞争力,有更大的前瞻性,有更敏锐的商业直觉,而且敢于做品类的开创者,一定是既强势又能承受压力的人,这也是徐新最欣赏刘强东的地方。

因为欣赏,所以信任,因为信任,所以徐新在投资京东上获得了巨大成功。在合作中,徐新一直秉承着投资者要相信创业者的原则。

"我的理念是创业者是红花,投资人是绿叶,业务方面还是企业家说了算。对于公司发展的决策,如果他都不如我们,那这个人就是不能投的,既然投了就要相信他。投资人越俎代庖的事情我很不认同，毕竟创业者是在前线打仗，他都不知道怎么做，你投他干吗？"

"作为投资人，既然投了，就要相信他，并且坚持下来。"这便是徐新最大的成功之处。

徐新自己也承认，京东是她所有投资项目中回报率最高的那个，可以说是她作为"风投女王"创下的最佳战绩。

今日资本与京东合作，甚至被人们称为"天作之合"，这不仅是因为超高的投资回报，更因为投资者与企业的关系，并非都如此融洽和长久。

只要有人任何地方都会存在不同的声音，投资市场也不能例外，京东遇到雷厉风行的徐新，是京东的幸运，但并不是每个企业都这样走运。就算获得投资人青睐，得到投资，也可能在运作的过程中与投资人产生分歧，出现矛盾甚至最终走向破产。

因此，不论投资者找到真正可以信赖的企业，还是企业找到真正适合合作的投资人，都很困难，徐新的每一次果断出手看似是大胆，背后却有着详细地调查、分析和评判。她希望选择一家好的企业，投资之后能够长期持有，因为只有"长期持有是赚钱的法宝"。

投资人和创业者关系的稳定，依赖的是"共同利益点"，在经营理念上相合，在运营过程中与投资人一同努力前进，刘强东在合作与管理中都是强势的，但徐新依旧没有做甩手掌柜，她要对自己的投资负责，因此也要对京东负责，只有默契，才能让合作变得长久。

正因为清楚地知道这些，徐新才能在一次次的困难中坚持下来，能在一次次的分歧过后与刘强东重新达成共识，带着对对方的信任，让京东成为自己的最佳战绩，也将他们的合作进行到底，成为投资圈中稀有的真正意义上的"天作之合"。

坚持对的，才有大鱼

持之以恒，方得始终。很多事是长久的积累之后在短暂的瞬间爆发的，有些事则需要在开始后坚持不懈才能看到成效，风险投资便是如此。

徐新的成功，很大程度上在于她的"坚持"，在很多人对新兴行业观望时，她坚持投资，在企业发展陷入低谷时，她坚持持有。事实上，从投身风险投资行业开始，徐新就确立了两个极为关键的信念：一是打造一个优秀品牌，二是长期持有，不能"赚一票就走"。

正是基于这两个信念，徐新在创立今日资本时为基金设定了12年期限。基金期限是指投资基金的拥有时间，投资行业一般最长是5到8年，因此，今日资本的第一期资金就比一般的基金时限长很多，徐新却认为12年仍然不够，她甚至不断与投资者谈判,想将基金年限拉长到28年,这在投资行业绝对是一个超长期限。

徐新很钦佩巴菲特,也将巴菲特的投资理念当作自己的指导,对很多人来说,找到并投资一个好企业并不是特别难,最难的是长期持有一个好企业。

> "其实很多人不懂得这个道理,投资的核心就是好公司要拿得长……我做了20年投资,最大的经验就是好公司不要卖太早。我相信现在的中国属于财富创造的早期阶段,好日子长着呢,不要把好公司卖了。"

也正是基于这样的原则,今日资本初创时的任务和目标也超额完成了,按照回报倍率来算,最为成功的京东赚了150多倍,持有5年的投资回报率平均可达15倍。最初的"8个行业第一"的目标也完成了7个,这些企业都已成为行业级品牌。说起行业第一,徐新感到很有成就感,她甚至表示:"打造行业第一品牌,比赚钱更让我们爽。"

对于自己的成功经验,徐新从不吝啬分享,行业与市场永远都是她关心的重中之重。从在百富勤工作时开始,徐新便体现出投资对象开始"本土化"的趋势,这并非变得保守,恰恰相反,徐新看中的是国内的巨大市场。

国内市场仍然处于"跑马圈地"的状态，即便是本土企业，只要能做到"专而强"，就能抓住机会，与国际品牌一争高下。对徐新来说，"帮企业专心、专注做好一件事很重要"。

如果一个人想做太多的事情，就不可能做成第一名，就算再能干也没有用，一心一意做一件事才是制胜法宝。

在"专而强"的企业中，今日资本投资的贝贝网便是典型。贝贝网的创始人是张良伦，他曾经是阿里巴巴旺铺的负责人，离开阿里巴巴之后创办了依赖阿里生态圈开展返利和优惠券业务的米折网，后来又尝试开启团购等业务，最终转型做女性时尚特卖。这样的模式虽然在一段时间内能急速增长客户，但很快被聚美优品、唯品会等巨头抢占了市场。

经过几番变动，张良伦再次转换模式，将目标放在了母婴市场上，贝贝网也在2014年4月正式上线。电商的关键是寻找品类机会，拼命奔跑，吸引消费者眼球。

为了尽快发展壮大，张良伦找到徐新。一个月的时间内，两人见面三次，每一次交谈的时间都长达五六个小时。投资人对项目和团队的考察是投资前必做的工作，但徐新和她的团队明显更为谨慎认真。他们采访了近千名贝贝网的消费者与供应商，徐新甚至还将张良伦的妻子邀请到酒店，聊了几个小时，就连张良伦学生时代的性格和八卦都问遍了。

在决定投资前，了解创业者的能力固然重要，那么了解这些"八卦"细节有什么意义？这便是徐新的过人之处，面对一个没什么卓越成就的初创企业，考察的重点自然是创始人的个人素质。

"早期看数据就错了……数据代表的是过去，我们要的是未来，所以就看创始人，大方向正确的情况下，创始人厉害就行。"

张良伦也没有让徐新失望，一个月的时间里他不仅要与徐新交谈多次，还要接受其他联合投资者的询问，而他的表现极为从容。徐新对张良伦非常满意，她说："无论抛出什么问题，他似乎都已经思考过了！而且学习能力很强，上一次提出的建议，在下一次见面的时候，他已经在执行了！"

凭借敏锐的嗅觉，徐新再一次找到了值得合作的好团队。2015年1月22日，贝贝网完成C轮1亿美元的融资，今日资本等几家跟投。接受投资后，贝贝网的估值近10亿美元，成为当时国内母婴电商行业中融资金额最大、估值最高的企业。

选择对的，坚持对的，便会有最大的收益。

徐新总在强调"放长线钓大鱼"，但作为一家风投公司，虽然有长达 28 年的超长基金，但今日资本必须对自己的出资人负责，对于不好的项目自然要选择退出。

对于是否退出，徐新也很明确——能不能创造 20% 以上的回报；稳定性和确定性的大小以及之后再投的项目能否比卖掉的这个更好。

在徐新看来，一个企业"好"的关键在于商业模式，随着时代的发展，人们开发了越来越多的商业模式，徐新也毫不吝啬。随着"风投女王"与今日资本的名气日渐壮大，每天都会有很多人找徐新寻求合作。

徐新大可以足不出户坐等优秀的项目登门，虽然找她的企业良莠不齐，但她有足够的挑选余地。可是，徐新仍然坚持主动发现和选择项目，大约 40% 的项目都是投资人主动找来的。

既然有项目送上门，为何还要出去寻找？因为选择的余地更大，视角也更全面。

"我们投资时，先选赛道，这个赛道要有让人眼前一亮的东西；再看人，谁能把它做出来，把行业前十摸清楚，看好哪家就主动去找企业家谈。"

对于徐新和她背后的资本来说，所谓的"对"，不仅要选对生意模式，更要选对企业家，两项并重，而徐新更是对企业家的个人能力特别重视，比如嗅觉灵敏，有洞察力，能感受到别人感受不到、看到别人看不到的东西，比如学习能力很强，领导力强，能在公司扩张时管理好公司。

正是因为这几点要求，徐新常常采取"狙击手"方式，追求一击制胜，选择的企业家也有很多是名不见经传的"草根"，在他们被其他投资人发现之前，徐新便找出这些人进行投资。比如三只松鼠的创始人章燎原，就是这样的"草根"企业家。

章燎原之前是山核桃营业员，后来辞职在芜湖创立了三只松鼠，得到天使投资后，他只用了半年时间就将三只松鼠的碧根果卖到全网销量第一的好成绩。

徐新很快注意到三只松鼠这个品牌，2008年，她只与章燎原聊了两次便决定投资三只松鼠，这是她投资不多的淘品牌之一。2012年，三只松鼠第一次参加"双十一"活动，一天就卖出10万份，公司全员转移到发货前线，奋战了9个日夜才发完全部订单。2013年和2014年，今日资本又连续向三只松鼠追加两轮投资。

徐新追求的，一直都是企业家的商业直觉，她说："这个领域对企业家的要求很高。首先是核心人物要有非常强的对生意的敏感度，在市场快要出现，又没有完全形成，别人还没有感觉到的时候，他就已经感觉到了。"

投资前，徐新选择企业和企业家的标准也简单：第一，看创业者的头脑和直觉；第二，一般情况下她投的企业都是行业前五名，因为这样的企业更有实力和竞争力；第三，看创业者带团队的能力，以免规模变大后无法管理。为此，徐新常常选择观察创始人的副手，如果这位副手能力很强，又跟随创业者多年，说明创始人的领导力值得信任。另外，创业者的品格要诚实可信，不隐瞒、不撒谎，同时具备激情和持之以恒的决心。

徐新喜欢第一次见面就能和她聊很长时间的创业者，她要做的，只是帮助创业者挖掘出自身潜力；她希望投资到能持续发展的企业，投资出一家基业长青的"百年老店"，创造出属于中国自己的品牌。

赚到钱就走，自然能规避未来的风险，但也会错失更好的，徐新常常开玩笑地将一家好的企业比喻成会下金蛋的鸡，认定了的项目，认定了的创业者，她都会坚持，这不仅是对创业者的信任，更是对自己眼光和判断的信任。

可是，又有多少人能像徐新一样，有着堪称"杀手"级别的直觉，又有多少人能像徐新一样，面对风暴真的毫不动摇？从这一点上来说，徐新注定是一名成功的投资者。

总要经历寒冬酷暑

商业场上瞬息万变，企业背后的投资圈同样瞬息万变。就像有四季的寒冬酷暑，投资环境、市场和每个单独的企业都会经历巅峰与低谷，能在谷底活下来、爬出来的创业者，都是人生的勇士。

因为有眼界，他们找到了别人还没看到的机会；因为内心强大，他们承受了别人难以承受的压力；因为有梦想，所以在追求成功的路上不断跋涉。徐新喜欢这样的人生，她不仅自己努力践行这样的人生，更希望能在艰难的创业道路上，为这些勇士加油鼓劲、推波助澜。

徐新目睹了很多企业的发展过程，因此她明白融资的重要性。她鼓励创业者积极融资，只要有机会就融一点资，特别是在各个行业都不景气的时候更需要资金。在徐新的"号召"下，每天都有很多人带着自己的商业计划和企业介绍等文件找到徐新，讲自己的梦想，讲自己的想法。

有的人说："你把钱投给我，我保证下一个中国首富就是我！"

徐新却冷静地回答："你的可信度也太差了。"

有人信誓旦旦地说："你把钱给我，要是公司业绩不能翻倍，我马上跳楼。"

徐新不为所动地说："我们并不喜欢暴涨，持续成长更重要。"

有些创业者和企业家，徐新愿意花费大量时间和他们彻夜长谈，花费时间和精力去了解，就像丁磊和刘强东，但更多人都无法让她继续关注。

徐新给创业者和企业家的起始时间只有五分钟，这看似很短的时间，在资本市场上却足以发生很多事，企业的股票可能暴涨或跌破，几分钟的时间就能让投资者蒙受几亿美元的损失。因此，对项目的调查可能需要很久，但做出投资的决定不过是瞬间的事。

可是，就算是一个好的行业、一个好的项目、一个好的企业，并且有了一个好的创业者，企业发展的道路可能依旧坎坷，没人知道会有怎样的外部或是内部的原因，让企业走入困境。每当这时，徐新总会选择继续加钱，她觉得："一旦投了，我们就是跟企业家同生死、共存亡。"

正是抱着这样的念头,她才会在投资前慎而又慎,也能在之后的时光里,与企业家并肩前行,走过风雨。

"我觉得我们的企业家跟我们关系都很好,就是这个原因,最困难的时候总是坚决跟他们站在一起。"

她一直恪守着一个原则——风险投资不是投机,"选对人、给足钱、缓收益",能够与企业一起成长,能够帮助企业家锻炼管理能力,才是投资的真谛。

在风险投资行业叱咤多年,徐新也并非百战百胜,所向披靡,除了土豆网和赶集网上市前的离婚案导致投资失利,徐新还有过与优秀项目失之交臂的经历。她将它们称为"两个半"案子,没能勇于冒险地把握机会,让徐新后来感到相当后悔。

"两个半"案子中的第一个是7天连锁酒店。当时,7天酒店创始人郑南雁开出了5000万美元的价格。徐新虽然认为连锁酒店行业有很大潜力,郑南雁也值得自己投资,但因为在资金数额上没能达成一致,她最终放弃了这个投资项目。

当7天连锁酒店成为拥有数千家分店的行业巨头时,徐新感到很自责:"其实当时也怪我啦,我很喜欢郑南雁,也很喜欢这个行业，只是当时要价5000万美元，我们觉得有点贵……后来我们也总结经验……如果公司失败，价格不重要，反正打水漂儿了；如果公司成功，4000万美元和5000万美元差别很小。觉得行业好就投，觉得创始人好就拿下，价格不是那么重要。"

"两个半"中的第二个则是德邦物流。德邦物流的创始人崔维星与徐新都是中欧总裁班的学员，可以算是同学。2011年，德邦正值扩张阶段，却遭遇了资金困境。徐新调查过后觉得德邦的盈利能力太弱，公司管理混乱，因此拒绝了崔维星提出的1000万元的投资请求。后来，德邦通过其他渠道获得3000万元融资，业绩发展迅猛，几年后便成功上市。

对于这个失之交臂的项目，徐新曾开玩笑地对崔维星说，她要将崔维星的照片挂在办公室，提醒自己曾错失良机。正是因为有了德邦物流的经验，徐新明白了做物流的关键在网络，而布局网络时不赚钱是极为正常的情况。因此，当京东开始建设仓储物流时，吸取教训的徐新坚决地支持刘强东的决定，也因此让京东开创了她投资生涯中的最佳战绩。

至于剩下的半个项目，则是因为要价过高而放弃的凡客。徐新从不避讳谈起自己的"失误"，投资与风险一向都是相互影响的，创业也同样面临着极大的风险，可是，依旧有很多人选择了这条充满荆棘的道路。

进取心极强的徐新，很能体会创业者的心理，她说："与时代合拍,投身创业,这也是一个塑造人生理想的过程,一个公司在你的手里从无到有,然后再做成一个持续经营的企业,这会给你的人生带来无穷的价值。"

因此,人们应当有创业精神,就像徐新的一次次投资,因为敢于承担风险,才获得了丰厚的回报与事业上的成功。

没有人的成功是凭空而来,也没有人的付出会白白浪费。一路走来,徐新的背后凝结着辛劳的汗水,更藏着不屈的倔强和要强的进取心。

对于自己的成功及取得的成就,徐新心里很清楚,她不是时代的幸运儿,她不过是拼命奋起,牢牢抓住了时代递来的机会。

2014年,当她回到母校南京大学进行演讲时,她将自己的经验毫无保留地分享给学弟学妹们。

第一,要有激情、要有想赢的意识。

你要找到一份你喜欢的工作、你热爱的工作。人的一生很漫长,工作时间也很长,如果每天早晨爬起来都不想去工作的话,那你一定过得不开心,那么你就该去寻找一份能让你喜欢的工作。

开始如果没找到,那么就应该继续寻找。你的灵感可以来自大量的阅读,特别是人物传记;结交聪明的人，有阅历的人，经常与他们聊天；你也可以大胆尝试不同的东西，看你是否喜欢。总之，只要你每天都在学习，每天都在进步，相信有一天量变到质变，你就会心中一亮，找到感觉，那就是你热爱的工作。

第二，要专注，为了做好一件事，要积累 1 万个小时。

人的智商差别不是很大的，超人的智慧和成就来自专注。每个成功人上都是在他的行业专注地干了很多年，积累了 1 万个小时。

一万小时也许很含糊，若是详细划分，那便是每天花费 4 小时坚持做一件事，一星期做 5 天，坚持 10 年。从业 20 年来，徐新每天平均工作 14 小时，这样算来她积累的经验已经有 3 万个小时，这便是专注与积累的力量。

徐新还觉得，要想成功，就得找到自己的人生榜样。

徐新自己的榜样是巴菲特，无论是巴菲特的书还是他写给股东的信，徐新总是不断翻看，并从其中找到共鸣。巴菲特在年过八旬时依旧坚持每天工作，他享受工作，因此每天都过得开心，他能与他投资的创业者成为终身的朋友，这些都是徐新希望的生活和工作模式。

榜样的力量之所以强大，是因为他们能像精神的灯塔一样指引人们前进，在迷茫和低落时重新找到方向，重新奋起前进，又像是随身携带的火炬，能照亮前方的道路，驱散黑暗，就算独行也不会感到孤独。

徐新就是这样，从军工厂走出山沟，走向自己的辉煌。在她不断寻找挑战、不断追逐榜样的征途中，她也将自己的人生活成一个传奇，将自己活成一个榜样。熬过奋斗的寒冬和煎熬的酷暑，等待她的是秋的收获与回馈，不仅是事业上，还有生活上。

第四章

是女王,也是女子

艰难时代的"贤内助"

在大多数人的概念里,女人最好的归宿是家庭,现代女性虽然不需要像过去一样深居简出、相夫教子,但人们依旧会以家庭情况来衡量一个女人是否幸福,人生是否有意义、有价值。

遭遇了家庭不幸的女人很多都埋头于事业中,但是,醉心于事业的女人就一定不幸福吗?并不是这样,她们只是在人生的某些阶段选择了自己认为更为重要的东西,这并不意味着她们放弃了爱与被爱以及幸福的权利和努力。

与丁磊和网易一起跨越"互联网寒冬"时,徐新曾问过丁磊为何年过30仍没有结婚,这个问题其实放在她身上也同样适用。

从1988年到1998年,从21岁到31岁,她将青春全部用在工作和事业上，她用 10 年时间从营业员到会计师再成为一名风投者，10 年来，她承受了金融风暴，也救了很多家企业。回头看时，她自己也早已过了而立之年。

徐新对自己很了解，对自己的生活节奏也很清楚，她没有太多的时间用于照顾家庭。作为一名风险投资者，她不可能拥有朝九晚五的稳定作息。为了对市场、企业进行调查分析，她每年至少要花费 30% 的时间在各地奔波，遇到准备投资项目细节时，她还要在公司加班。

工作上的事，徐新早已熟练，在金融危机的风暴中平稳着陆后，她的事业也真正走上正轨，但她清楚，随着投资项目逐渐增多，她要顾及的方面也会越来越多，不仅不可能闲下来，未来的生活只会变得更加忙碌，到了那时，家庭一定是被忽略、被牺牲的那一部分。

因为风险投资行业较为特殊，其中的女性本就很少，像徐新一样被誉为女王的"风投杀手"更少。徐新以己度人地按照自己的经验去分析，行业内女性稀少的原因很可能是因为工作辛苦，要在各地来回奔波，没有办法兼顾家庭生活。

很多曾经取得成果的女性会在事业巅峰时选择急流勇退，她们不是将企业交给家人就是托付给职业经理人，自己回归家庭。大部分女性在家庭和事业无法平衡而必须割舍时，通常会选择放弃事业，但徐新并不想这样选择，那么她要寻找的另一半，能接受这样一位妻子吗？

关于徐新的成功，也有人半开玩笑地说，正是因为行业内女性稀少，所以徐新显得更有优势。可是，世间从来没有免费的好处，风险投资与其他行业没什么不同，都是非常公平的，"业绩是首要的衡量标准，不管你的性别或者经验背景怎么样"。

在这份更多依靠理智和胆识的工作中，徐新很少提到自己的性别，她认为在工作中，凡事凭理智，理智第一，情感则是第二位的，她更不需要利用性别优势，而是一切要以事实说话。如果一定要找出身为女性的优势，大约是女性天生敏锐的直觉，在大量知识和经验的基础上让她的事业能够攀升得更好。

徐新的性格原本就直爽果断，再加上在风险投资行业打拼多年，更是练就了一双冷静理智的火眼金睛，在寻找人生伴侣时，她很清楚地知道自己要和怎样的人共度余生。

如果说，为企业注入资金是在投资企业的未来，那么耗费时间和精力，认真去寻找一个对的人，便是对自己的未来进行投资。在投资的问题上，徐新从不消极等待，她相信机会是通过积极寻找发现和获得的。只不过，曾经的她是从企业领导者的角度考量对方，这一次，她需要换一个标准。

1999年，徐新找到了这个人——李松。当时的李松就职于摩根士丹利，徐新认为李松身上有着学者气息，更重要的是，他们之间有共同语言，他们都对融资很感兴趣。徐新认为李松在融资方面很厉害，而李松对这位名扬业内的"风投女王"也很钦佩。在性格和事业上都很契合的两个成功人士，就这样走到一起，结为夫妻。

虽然涉足金融行业，但李松最初的理想是做一名学者。生于上海的他，读书时选择了美国康奈尔大学的分子遗传学。1984年，他远渡重洋来到美国，想在学术上有一番作为。

可是，人的想象和愿望总是与现实有些差距，经过一段时间的学习，李松发现自己并不是喜欢如此繁多的实验，但生物学最基本的观察和验证手段就是大量的实验。

考虑到自己动手能力差，完全不适合研究分子遗传学之类的实验性科学，李松果断地放弃了这个专业，转修金融学。

他在哥伦比亚大学拿到金融学博士学位，之后进入贝尔斯登、J.P.摩根、摩根士丹利等知名投资银行，历任贝尔斯登债权部副总裁以及摩根士丹利亚洲区执行董事。高学历、高职位、高薪资，这些令人艳羡的光环一并出现在李松身上，除了最初选择了不适合自己的专业，他的人生一帆风顺。

摩根士丹利原本是J.P.摩根大通公司的投资部门，19世纪30年代，由于政策改革，禁止公司同时提供商业银行与投资银行的相关服务，摩根士丹利便成为一家独立的投资银行，J.P.摩根则转为纯商业银行。从70年代开始，摩根士丹利迅速扩张，开始在全球范围内发展自己的业务。

李松在摩根士丹利的职务很高，除了高薪，他还享受着很好的福利，他居住在租金昂贵的半山别墅，房租由公司支付。可是，那时的李松已经开始感到厌倦，他对金融行业的工作失去了激情。

人一旦少了热情，再高的薪资也无法调动起工作干劲，经过深思熟虑，李松决定辞掉摩根士丹利的工作，回国创业。

如果说放弃自己不适合的生物学，转向金融学并成为企业高管，是李松做出的"弃暗投明"的明智之举，那么放弃"金领"工作去创业就显得相当不明智了。因此，李松的这个想法遭到家人和朋友的强烈反对。一边堪比"金饭碗"的投资银行高管职位，一边是前途未卜的创业险地，天平两端孰轻孰重，一目了然。

可是，李松却坚持了自己的决定，在与徐新商量并得到她的支持后，2001年，李松辞掉了摩根士丹利的工作，回国创业。

当时，徐新还在百富勤投资银行工作，他们搬出了豪华昂贵的别墅，住进一座名为"琼峰阁"的老公寓。

这座公寓的名字仿佛时刻都在提醒着他们的处境。对于李松来说，为了创业自己苦一些不要紧，但他有了妻子，有了家庭，苦的是他们两人，是一个家。因此，李松曾说："都怪我，现在我们沦落到要住这个'穷疯阁'的境地。"

乐观的徐新却并不以为意，为了鼓励丈夫，徐新回答道："老公，没关系，就是因为我们现在已经都'穷疯'了，所以今后的生活只会比现在好的。"

是信心，也是信任，有热情，也满怀希望，李松在十多年以后再回忆起这句话，依旧感动不已。

没有人的创业是不艰难的，在通往未知的道路上，潜伏着无数想象得到和想象不到的困难和阻碍，但在艰难的时代里，身边有徐新这样一位"贤内助"，一切磨难都不足为惧。

"红娘"的成功

命运有时非常玄妙，在女性极少的风险投资行业，徐新却游刃有余，金融专业出身的李松，最终却走上了开发婚恋交友网站的"红娘"之路。

"红娘"最早是元代杂剧《西厢记》中的角色，因为崔府婢女"红娘"竭尽心力帮助张生与崔莺莺这对有情人结为眷属，后人便用"红娘"指代那些为男女牵线搭桥的人。不过，古代真正搭桥者其实是媒婆，没有"媒妁之言"的婚姻是不会被家庭和社会承认的。

可是，在人们的印象里，很少有男人去担任"媒婆"，就像很少有女人从事风险投资一样，徐新与李松这对夫妻，都活成了令人惊奇的存在。

最初，李松想做一家以互联网为依托的大中华地区影视明星经纪公司，但很快他发现这个模式根本无法成立。

创业失败的李松曾经在寒冬中站在街上卖票，那时候他挣到的钱连家里的开销都不够，但徐新总是无条件地支持他，遇到失败后，徐新不仅与李松一起分析原因，还能为他出谋划策。

2001年，李松与四个创业伙伴一起创办了国内最早的一批移动增值公司——讯龙科技，两年的艰辛过后，讯龙拥有200多万用户，月收入达到1200万元人民币，一跃而起，与网易、腾讯成为无线市场的前三位。2005年，李松将讯龙出售给新浪公司。

2004年，李松在深圳创办美思科技与"第三空间"，前者从事移动音乐下载业务，后者则是交友社区；第二年，他又创办了以音乐为主题的社交网络Y客网，同时又收购两个交友社区与"第三空间"合并，创立了珍爱网。

也许是相互启发，也许是有共同的商业直觉，徐新与李松都对网络非常感兴趣，李松创建的相亲网站珍爱网，与徐新投资并担任董事长的中华英才网，一个是网络招募，一个是网络相亲，一个是找工作，一个是找伴侣，囊括了一个人一生中极为重要的两件事——事业与婚姻。

李松观察到，创建之初的Y客网很有影响力，但运行一年后李松渐渐发现，Y客网的很多用户是以分享音乐为机会在网上互动交友，这让他更加确信了向着互联网婚恋行业发展的方向。很快，Y客网关闭了，所有的财务资源都转移向珍爱网。

这是三次创业中李松最引以为傲的成果，从网站注册到电话红娘服务，提供相亲匹配，吸引客户付费，让珍爱网成为中国最大的婚恋网站，也成为第一家收费的"电话红娘"相亲网站。

创业初期很难收到钱，但机遇很快来临。2010年，江苏卫视推出《非诚勿扰》节目，这款以相亲为主题的娱乐节目仿佛是珍爱网最好的展现平台。很快，女选手面前摆放起本人在珍爱网上的ID名牌，主持人口播推荐珍爱网品牌名，随着节目的走红，珍爱网也变得家喻户晓。过亿的注册会员，让珍爱网成为名副其实的"第一婚恋网站"。

相比于李松以做"红娘"为每日的工作重心，徐新更关注的是她投资企业的创始人是否会离婚。企业创始人一旦离婚，通常都会给企业股权结构造成巨大变化，投资人也会因此蒙受损失，而这样的损失，徐新遭遇过不止一次。

2007年，今日资本参与土豆网项目投资，在今日资本所投资的十几家公司里，土豆网是唯一一家没有收入的企业，但它却是视频网站开创广告盈利模式的先行者。在徐新看来，土豆网完全具备独立上市的能力，虽然风险高，但也同样会得到很高的回报，是真正的高风险、高回报。"但我们愿意养母子关系仍然非常亲密,因为我总能让他们非常开心……现在孩子最亲近的人还是我。"

对于奔忙的徐新来说,家既是她的牵绊,也能让她恢复活力,每当离开家,她又开始自己"空中飞人"的生活,但她知道,在世界上最温暖的角落有人在等着她回去。

除了陪伴孩子们成长,教育也是每个家长极为重视的方面。在这个问题上,徐新显得颇有经验,事实上,她常常将教育孩子比作企业的发展。要将一个企业做大做强,就要用心培养、照料,绝不能急功近利、揠苗助长,成长的速度太快,基础就不可能打好。对于自己的孩子,徐新也是如此要求。

她不要求自己的孩子一定要拥有高学历,但她希望他们拥有极好的整体素质,无论是在思维方面还是在社交方面。

她喜欢给孩子们讲巴菲特等顶级投资人的故事,她对孩子们的未来充满期待,但她不想为他们设下框架。她希望儿子们能成为创业型人才,因为有家庭气氛的熏陶,但开明的她也期待他们有自己的梦想,她说:"其实将来他们自己没准儿希望做科学家,或者做个厨师到法国去生活,不会受我们控制。"

只是,身为父母,总会未雨绸缪地为孩子们准备好退路,徐新甚至为两个儿子准备了"创业基金",为他们分别提供3